포도나무의 축복

포도나무의 축복

초판 1쇄 발행 2025년 3월 5일

지은이 | 황부일
만든이 | 이한나
펴낸이 | 이영규
펴낸곳 | 도서출판 그린아이

등록 연월일 | 2003. 12. 02.
등록 번호 | 제2-3893호
주소 | 서울특별시 은평구 녹번로 6-11, 201호
전화 | 02)355-3035 팩스 | 031)965-4679
이메일 | gmh2269@hanmail.net

ISBN 979-11-91376-47-0(03810)

포도나무의 축복

황부일 수필집

그린아이

머리말

먼저 글을 쓸 수 있는 재능과 영감을 주신 하나님께 감사와 영광을 돌립니다.

그리고 등단부터 수필집이 나오기까지 도와주신 선배 시인 김지원 목사님께 감사를 드립니다.

아울러 내 수필의 제일 된 애독자가 되는 아내에게 이 지면을 통해 진심으로 감사의 마음을 전하며 여러 모양으로 협력해 주고 맘 써준 자녀들에게도 고마운 마음을 전합니다.

도서출판 그린아이의 이영규 사장님과 교정을 보신 모든 분들께도 감사를 드립니다.

내 수필은 졸작이지만 내 삶의 애환과 신앙이 들어 있고 철학과 외침이 들어 있습니다.

이 수필을 읽어 주시는 모든 분들께 감사를 드리며 가정에 하나님의 은총이 충만하길 기원합니다. 앞으로 계속 지도편달해 주시길 부탁드립니다.

감사합니다.

추천사

김지원

시인, 전 한국크리스천문학가협회장

황부일 목사님과 나의 인연은 오래되었다.

1999년도 10월부터였으니까 25년이 되었고 물론 그 이전에 노회에서 함께 일한 시간까지 계산한다면 훨씬 더 오래되었으니 그 세월의 길이가 결코 짧지만은 않다.

당시 나와 황 목사님은 노회 임원으로 만났었다. 여름 성경학교 교안을 만들어 온 책자에 동화 두 편을 써 온 것을 계기로 나는 그에게 문학적 달란트가 있다는 것을 발견하였고 월간 『수필문학』과 계간 『창조문학』에 소개한 것이 오늘날까지 그와 가까워지는 계기가 되었음을 부인할 수 없다.

따라서 이런 이유로 단순히 목회의 동역자나 신학교 선후배 사이의 틀을 벗어났다고나 할까. 아무튼 친숙한 사이가 되었다.

그로부터 나는 그가 어렸을 적에 자랐다고 하는 고향 강원도 정선 옛집을 함께 다녀온 일이 있다. 동강을 비롯하여 동해안 양양을 다녀온 일도 있으며 그의 작은아버지인 황금찬 시인의 수유리 자택을 방문한 일도 있었다.

그뿐 아니라 교단 문학회 일로도 만났으며 함께 성지를 다녀온 일도 있었다.

아무튼 이러한 이유로 오랜 세월 동안 지근거리에서 바라본 그의 삶의 궤적은 늘 변함이 없었다. 생각은 일관되고 중심은 흔들리지 않았다. 그리고 그의 목회 현장도 시종여일했다.

교회 부흥만 된다면 유행병처럼 휩쓸려 다니는 무슨 세미나네 교회 성장 방법이네 하는 여타한 사조에도 흔들리지 않고 성경 중심으로만 묵묵히 앞을 보고 나갔다. 삶의 궤적 또한 변함이 없었다. 예배나 심방이 아니면 군복 같은 그런 허름한 옷을 입고 다녔다. 가식이나 꾸밈 등에는 관심이 없었다.

그는 한 달에 한 번씩은 꼭 안부 전화를 해 왔다. 그리고 지금 전화한 곳이 어디냐고 물으면 예배당이라고 말했다. 그러고 보면 그는 가정과 교회 심방과 성경연구에만 몰두하는 듯했다. 그리고 목회자들의 성경연구회를 만들어 인도하기도 하였다.

그래서 그런지 그의 글에는 삶과 생활 그리고 신앙인의 바른 자세와 가치관이 알게 모르게 배어 있다.

그가 23년 전인 2002년 월간 『창조문예』를 통해서 발행한 『우리 이제 순전한 신앙으로 돌아가자』라는 칼럼집 제목만 봐도 그렇다.

그의 글에는 신앙과 삶이 스며 있어 목양일념의 외길을 걸어온 사실이 날줄과 씨줄로 직조되어 있음을 목도할 수 있다. 그는 그동안 건강의 문제로 잠시 어려움을 겪은 일이 있었지만 이제는 회복의 은총을 힘입고 있다.

특별히 이번에 출간한 수필집은 그동안에 써서 컴퓨터에 저장해 놓은 것인데 자녀들이 발견하고 아버지의 문집을 출간하기로 함께 힘을 모은 것으로 전해진다. 참으로 대견한 일이며 의미 있는 일이라 생각된다.

바라옵기는 새해에도 주께서 황 목사님께 건강과 건필의 복을 주시기를 원한다. 아울러 이 책을 읽는 모든 독자 제현께도 삼가 그리스도의 은총이 함께하시기를 기도드린다.

목차

준비된 이사

마루의 거실 문을 열고 마당을 향하면 자연이 보인다. 그렇다고 산자락이 보이고 숲이 보인다는 것은 아니다. 시원한 강줄기나 넓게 펼쳐지는 바다가 보이는 것 또한 아니다. 요즘 흔히들 선호하는 그런 경관의 전원주택하고는 거리가 멀지만 우리 집 마당엔 하늘을 가득 덮고 있는 포도나무가 있고 그 푸른 잎사귀 넝쿨 밑으로 주렁주렁 포도 열매가 싱싱하니 탐스럽게 달려 있다. 한 50송이쯤 될까, 한 나무에 많이도 열려 있다. 또 그 포도나무 원줄기와 같이 붙어 있는, 어른 팔뚝만한 굵기에 새총가지처럼 양 갈래로 뻗은 대추나무도 있다. 이 대추나무는 한 가지는 죽어 있고, 한 가지는 풍성한 넝쿨과 열매를 가진 포도나무에 영양을 빼앗겨서인지 아니면 양보해서인지 끄트머리 쪽으로 조금 살아 연푸른 작은 잎사귀를 피우고 있다. 하지만 키는 포도나무 넝쿨을 뚫고 한참이나 위로 자라 있다.

봄에는 이 포도나무 넝쿨로 가끔 나비도 찾아왔고 벌들도 찾아왔다. 그리고 아주 가끔 이름 모를 새도 날아와

"야, 여기 이런 곳도 있네!" 하는 듯한 소리로 지저귀며 어디론가 날아가곤 한다. 곧 매미도 와서 신나게 노래 부르리라.

요즘 날로 알이 굵어지고 제법 적색깔을 띠는 것도 있는 포도송이들을 유심히 살피다 보면 거기에 생명이 사는 것을 볼 수 있다. 어릴 때 시골 숲 나뭇가지 사이에서 보던 제법 큰, 다리가 길고 몸에 줄무늬가 있는 거미가 거미줄을 촘촘히 쳐놓고 노획물을 기다리며 인내하고 있다. 그 옆에 아우인지 조카인지 새끼인지 촌수를 알 수 없는 같은 종류의 거미, 작은 놈과 더 작은 놈 두 마리가 각각 조금씩 거리를 두고 작은 영역을 펼쳐놓고 포진하고 있는 것도 보인다. 산이나 숲에서만 주로 서식하는 저런 거미가 어떻게 이곳까지 와서 사는 걸까? 우리처럼 적당한 거처지를 찾아 이리저리 이사를 다니는 거미 가족이 아닐까? 그렇게 생각하니 신기하고 애착이 간다.

아이들은 거미가 쳐놓은 거미줄을 보고 이렇게 말했다.

"모기하고 똥파리들이나 많이 걸려라."

우리 아이들은 마당이 있는 집을 기대해 왔었다. 마당에서 개도 기르고 토끼도 기르고 꽃나무나 과일나무도 길렀으면 좋겠다고 했다. 서울에서 우리 형편에 그것은 기대에 불과했다. 사실 우리는 마음대로 이사할 수 없는 사람들이었다. 집을 장만한다고 하는 보통사람들의 기대도 목표도 우리에게는 멀리 있었다. 때문에 집사람하고 나는 그런 기대를 아예 하지 않았다. 그것이 우리의 삶이 아닌 것을 시작부터 인정했기 때문이다. 그러나 삶의 현실은 그렇지가 않았다. 어떻게 해서라도 내 집을 장만해야지 하는 보통사람들의 각오나 오기가 왜 있는지 우리는 그것을 실감해야 했고, 때로는 아프게 느껴야 했다.

아내와 나의 신혼 살림은 서울 근교 경기도의 한 작은 도시에서 누님네 곁방살이로 시작되었다. 거기서 2년쯤 지내고 지금 교회가 있는 이문동으로 이사를 왔다. 그리고 지금까지 무려 19년을 이곳에서 살았다. 처음에 이문동은 내가 살아본 경험이 있는 탄광촌처럼 시꺼먼 동네였다. 연탄공장이 몇 개씩이나 모여 있는 동네였기 때문에 비가 오면 골목이 검정물투성이였다. 서울에도 이런 곳이 있다는 것에 우리는 놀랐고 기가 막혔다. 이제는 재개발이 되어 그 흔적도 없지만 우리는 이 동네 안에서 지금 이사한 집까지 6번의 이사를 해야 했다. 그렇게 교회 주변을 맴돌았다. 좀 구차한 얘기 같지만 우리는 방 한 칸에서 다섯 식구가 되어서까지 무려 12년을 살았다. 그래도 우리 아이들은 어디 나갔다가도 집에 빨리 오고 싶어 할 정도로 잘 지냈다. 한 가지 걱정이 있었다면 중학생이 되어가는 딸아이였다.

재개발은 많은 사람들을 떠나게 했다. 그러나 우리는 그렇게 할 수 없었다. 바로 건너편 재개발이 되지 않는 지역으로 이사를 가야 했다. 당시 집사람과 나는 무척 힘들고 어려운 상태에 처해 있었다. 심적으로도 한계를 느꼈다. 우리를 원하는 시골교회를 찾아 즉시 떠나고 싶었다. 여러 가지 상황이 너무 무거웠고 절실했다. 그러나 하나님의 간섭은 이곳에서 우리를 놓아주시지 않았다.

이렇게 저렇게 합력함을 입어 전세 3,500만 원짜리 다가구주택 1층으로 이사를 했다. 얼마 만에 방 두 칸짜리 집인가. 그러나 그런 것은 내게 아무런 의미도 없었다. 그렇지만 아이들은 달랐다. 이사도 하기 전 날 비어 있는 그 집에 가보더니 방 두 개에 화장실에 샤워시설도 되어 있다며 좋다고 먼저 샤워까지 해볼 정도였다.

거기서 큰딸아이가 중학생이 되고 고등학교 입학할 때까지 살았는데, 이층침대를 놓으니 책상 하나 더 놓을 수 없는 작은 방에서 딸아이는 침대 이층을, 아들은 일층을 사용하며 지내면서도 불평이 없어 고마웠다. 아니, 그런 자녀들로 자라게 하시는 하나님의 은혜에 감사했다. 물론 우리 아이들이라고 집에 대한 기대가 전혀 없는 것은 아니었다. 그러나 소박했다. 도심지에 사는 또래와는 달랐다. 개울물이나 강물이 있는 시골에서 살고 싶어 했다. 내가 어릴 적 그렇게 살았다는 향수 같은 얘기가 아이들에게 매우 좋게 그려졌던가 보다. 초등학생 되는 셋째 아들 녀석은 교회를 그런 곳으로 옮겨가면 안 되냐고 할 정도였다. 어떤 면에서 우리 아이들은 현실적인 많은 것을 체념하고 사는 것 같았다. 지금까지 살아온 과정이 그런 눈칫밥을 먹게 한 것은 아닐까? 오히려 집사람과 나는 은근히 걱정이 되었다. 고등학생이 되는 딸아이에게 따로 방을 마련해 주어야 할 텐데 하는 부모의 입장에서….

그동안 살던 다세대주택 주인이 네 번째 바뀌면서 또 이사를 가야 하는 피하고 싶은 현실이 다가왔다. 주인은 우리에게 월세로 방을 내놓으려 하니 월세로 있으려면 있고 아니면 이사를 가라고 하였다. 당시 우리는 여섯 식구가 된 상태였다.

예비된 것이 있겠지 하면서도 집사람과 나는 걱정이 되지 않을 수 없었다. 이사라는 것은 항상 우리에게 어디다 말할 수 없는 은근한 걱정을 가져다 주었다.

이사 얘기가 나오자 철모르는 셋째 아들 녀석은 "쌍용 아파트로 가요! 대림 아파트로 가요!" 하다가 아파트는 별로라는 형, 누나의 얘기를 듣고 개를 키울 수 있는 마당이 있고 방도 세 칸쯤 되는 넓은 집으로 가자고 했다. 우리는 그 녀석의 말에 시원한 대답을 해줄 수가 없었다.

"현명아! 우리는 마음대로 가고 싶은 대로 이사 갈 수 있는 것이 아니란다."

"왜요?"

"우리는 교회 형편대로 살아가는 하나님의 일꾼 된 자들이기 때문이야!"

그때 집사람이 "그럼 네가 하나님께 기도해 보렴. 하나님께서 들어주실지도 모르잖니?"라고 응답해 주었다.

이후에도 그 녀석은 종종 관심 있게 물었다. 이사할 집은 다녀보았는지, 어떤 집을 보았는지, 어디쯤 되는지. 애들에게 있어서 이사는 기대 그 자체였다.

우리가 가진 전세금으로 지금보다 넓은 집으로 가는 것은 거의 불가능했다. 알아보니 지금 사는 집도 싸게 있었던 것이다.

"여보! 시장 가는 길에서 좌측 골목으로 좀 들어가면 구옥 독채가 하나 있는데 넓고 좋아요! 한번 가볼래요?"

기한이 가까워지면서 종종 동네를 돌아보던 아내를 따라 새로운 집으로 가 보았다.

"야! 이거 흉가 같잖아!"

그 집에 들어서는 순간 내 느낌은 한마디로 그랬다. 재개발을 바라보고 신촌에 있는 어떤 사람이 사 놓았다는 그 집은 헌 구옥으로 1년간 비어 있던 집이었다.

먼저 살던 사람이 버리고 간 몇 가지 못 쓰게 된 가재도구들과 쓰레기가 먼지에 덮여 어지럽게 마당에 널려 있었고, 포도나무엔 지난해 열렸던 포도열매가 그대로 말라 쭈그러진 채 흉물스럽게 여기저기 매달려 있었다. 집 내부로 들어가 보니 마루는 삐걱거리고 방마다 구석진 곳에는 곰팡이가 시커멓게 피어 있었으며, 방문들은 오래되어 잘 안 맞고 열고 닫을 때마다 요란한 소리를 내었다. 이전 집에 비하면 넓다는 것을 빼고는 도무지 마음이 내키지 않았다. 이러니 누가 이사 오겠는가? 일 년 이상 비어 있는 이유가 한눈에 들어왔다.

"아저씨! 집을 좀 고쳐주면 안 됩니까?"

"집주인이 돈을 안 들이려고 해요! 재개발될 것을 바라보고 사논 것인데 돈 들여 집수리하겠어요? 그러니까 집을 싸게 내놓은 것 아닙니까?"

복덕방 사람은 손을 내저으며 주인을 대변했다. 우리는 시간적으로나 재정적으로 더 이상 여유가 없었다.

그러면 지금 우리가 들어 있는 집 전셋값이 삼천오백인데 주인한테 연락해서 그렇게 해주시면 이사 오겠다고 했더니 연락을 한번 취해 보겠다고 했다. 그 집은 전세로 사천오백에 내놓은 집이었다.

그렇게 해서 우리는 이곳으로 이사를 왔다. 집사람과 나는 며칠을 두고 와서 집을 청소했다. 치우고 닦고 부분적으로 도배하고 색 바래고 먼지투성이인 각 방 형광등도 갈면서 위안을 삼았다. 내가 "구옥이라 겨울엔 춥고 여름엔 덥겠지." 하면, 집사람은 "그래도 그 돈에 이렇게 넓은 집을 독채로 얻을 수 있나요. 하나님께서 우리를 위해 준비해 주신 집 같아요! 방도 조그만 골방까지 네 칸이나 되니 큰애들은 자기 방 가질 수 있고 골목 안이라 조용하고, 마당이 넓어서 여름엔 나와서 오순도순 얘기하며 삼겹살도 구워먹을 수 있을 정도니." 하고 답했다.

그러면서 그럭저럭 흉가의 모습을 치워버렸다. 우리가 살 집이라 생각하니 좋게 여겨지기 시작했다. 몇몇 성도들이 와서 도와주었다. 그렇게 하니 좀 살 집같이 되었다.

우리 애들은 신·구옥 따지지 않고 좋아했다. 넓어서 좋다 했고, 마당이 있어 좋다 했고, 포도나무가 있어 좋다 했고, 무엇보다 개를 키울 수 있어 좋다 했다. 고등학생이 되어서야 자기 방을 가지게 된 딸은 방을 꾸미느라 들떠 있을 정도였다.

이사하는 날 성도들이 와서 함께했다. 성도들도 우리 아이들만큼이나 좋아하는 것 같았다. "저번 집에 비하면 훨씬 좋네요!" 그 말에는 그동안 좁은 집에서 많은 식구가 사는 것을 보며 미안하고 답답했던 마음이 좀 풀린다는 표현이 담겨 있음을 엿볼 수 있었다.

그래, 나도 좋다. 두세 평 남짓한 골방이지만 조용히 말씀 준비할 수 있어 좋고, 몰두하며 강해를 쓰고 글을 쓸 수 있어 좋다. 살다 보니 이렇게 넓은 집에서 살게 되는 날이 있어 좋고, 대부분 어려운 성도들 가정과 함께할 수 있는 형편에 머물러 있음이 좋고, 한 칸 집이었든 두 칸 집이었든 그리고 지금 마당도 있는 집이든 변함없이 매일 아침마다 예배할 수 있어 좋다. 높은 산이나 거친 들이나 초막이나 궁궐이나 내 주 예수 모신 곳이 그 어디나 하늘나라라고 언제나 외칠 수 있어 감사하고 좋다. 예수를 앞서 좇는 자로서 머리 둘 곳은 있지만 아직 내 소유의 거처가 없어 좋다. 자녀들이 그런 것 때문에 나를 아프게 하고 슬프게 하지 않아 좋고, 아내 또한 나와 같아 감사하고 좋다. 골목에 다니며 버려진 각목이나 합판, 싱크대 쪼가리 등을 주워다가 만든 개집에 애들이 좋아하는 개를 키울 수 있어 좋고, 포도나무 그늘 아래서 내가 만든 평상에 앉아 뱃살 뺀다며 훌라후프하는 아내를 보니 좋고, 줄넘기하며 함께하는 아이들을 보니 좋다. 또 영글어가는 포도 열매를 보며 예수님의 포도나무 비유를 묵상하게 되니 좋다. 무엇보다 준비된 처소로 인도받는 은혜를 체험하니 더욱 좋다. 그리고 이런 하나님을 경외하는 가정이 되니 좋다.

이사 와서 몇 개월 되지 않았는데 재개발이 추진되고 있다. “금방 쉽게 되겠어요? 그때 살던 동네에서도 수년 걸렸잖아요. 언제 되든지 우리 거처는 하나님께서 준비해 놓으시겠지요!” 아내의 말이다. 그래도 내심 한 구석 걱정하는 모습이 보인다. 나도 그런 구석이 없잖아 있으니까….

나그네 된 인생으로 본향을 사모하며 이 땅에서 수없이 이사를 다녔던 믿음의 조상들, 그때 그들의 천막생활이 그리워질 때가 있는 나의 심정을 누가 알랴.

나는 지금 이 집에서 하나님이 지으신 자연을 보며 쭉 뻗어가는 포도 넝쿨과 그 열매를 보며 그 속에 작은 생명들의 삶과 준비된 하나님의 섭리를 보며 함께 살아가는 성도를 보며 그의 나라를 생각한다.

죽음의 냄새

열차는 어둠의 시간으로 빨려들어가듯 계속 달린다. 차창 밖은 정지된 어둠뿐이다. 깜깜함뿐이다. 죽음의 색깔로 다가온다. 열차는 빈 수레처럼 덜컹덜컹 요란만 떨뿐…. 많은 사람들을 그 적막함 속으로 자꾸만 끌고 가고 있다. 그 앞에 무능하고 대책 없는 인간들이 어둠의 뒤안길로 미끄러져 가면서도 아무렇지도 않게 서로 낄낄거리며 편승하고 있다.

죽음을 초월한 자들인가! 인생의 어두운 종착역에 이르기 전에 모든 것을 잊고 즐기자는 건가!

일평생을 어두운 데서 먹으며 번뇌와 병과 분노가 있는 인생들이라는데….

열차 안은 막바지 피서 가는 사람들로 인해 시끄러웠다. 밤늦은 시간 열차인데도 웃고 떠들며 요란들이다. 차창 밖의 어둠의 정적과는 너무나도 대조적이다.

나는 그럴 수 없었다. 차창 밖 어둠만이 내 눈에 가득 차 있다. 그 속에 보이는 것은 아무것도 없는데 나는 그곳만 주시하고 있다.

그 녀석의 굽어진 양 새끼손가락이 아른거린다. 어릴 때부터 풍금 건반을 치다 보니 그렇게 됐다는 그 녀석의 얼굴이 차창 밖 어둠 속에서 아른거린다. 나는 지금 바로 그 녀석의 죽음을 확인하러 가는 중이다. 도무지 믿기지 않는 전갈이지만 나는 지금 심각하고 슬프다. 아니, 왜 이다지도 무겁고 답답하고 허무한가! 이건 아닌데, 이럴 수가 없는 것인데….

그때 누군가 나를 툭 친다. 가만히 건드리는 것인데도 나는 움찔했다.

"선생님, 하늘나라가 정말 있을까요?"

그러고 보니 나와 함께 가는 두 여학생 중에 한 녀석이다. 나는 한참 머뭇거리다가 이렇게 대답했다.

"그렇게 믿어야지…."

"선생님은 확신하세요?"

그러면서 나를 쳐다보는 그 여학생의 눈망울에 물기가 그렁그렁하다.

"나도 그렇게 믿고 싶어…."

나는 한참 후에야 그렇게 조용히 대답했다. 그것은 그때 나의 솔직하고 간절한 대답이었다.

그 녀석과 나는 같은 교회 청년이었다. 그리고 같은 중고등부 교사였다. 다른 것이 있다면 그 녀석은 아직 군대를 안 간 우리나라 일류대학 2학년생이었고 나는 군대를 갔다 온, 그래서 그 녀석으로부터 형이라고 불리는 교회 청년회장이었다.

우리는 어저께만 해도 함께 교회 중고등부 수련회를 마치고 그 녀석은 부모님이 계신 원주집으로, 나는 교회가 있는 서울로 향하며 헤어졌었다. 그런데 오늘 오후쯤에 교회 전도사님으로부터 그 녀석이 교통사고로 죽었다는 전화를 받은 것이다.

'아니, 이럴 수가! 말도 안돼!'

열차는 무심히 달린다. 모두는 아무렇지도 않다. 차창 밖 어둠 속으로 아주 드물게 반짝이는 불빛이 스친다. 무엇을 실감하자는 건가!

처음 가본 원주 시내 변두리 연립주택은 그 녀석의 죽음을 알려주고 있었다. 집 주변에 모여 있는 사람들…. 조심 어린 동정의 소리…. 집 안에서 흘러나오는 애곡의 소리, 거친 흐느낌이 잠시 우리를 망설이게 했다.

무엇을 실감하자는 건가!

함께 간 몇 명의 학생들과 먼저 가 있던 청년들 그리고 나는 그 녀석의 방에 들어가 앉았다. 그 녀석의 친구였던 한 청년이 울고 있는 그 녀석의 여동생에게, 어떻게 된 것이냐고 물었다. 울먹이면서도 또렷한 그 여동생의 얘기는 이랬다.

그 녀석의 아버지는 목사님이셨다. 그러나 풍으로 반신불수가 되어 목회는 더 이상 할 수 없었고 그때부터는 그의 어머니가 요꼬로 스웨터 종류를 짜는 일을 하여 생계를 이었다고 했다.

방학 중이지만 아르바이트로 바빴던 그 녀석이 수련회

를 마치고 잠시 짬을 내어 집으로 왔고 어머니를 돕는다며 짜여진 물건을 자전거로 배달해 주고 돌아오던 길에 언덕 위에 서 있다가 후진하던 덤프트럭에 치인 것이었다. 즉시 가까운 병원으로 이송했지만 소용없었다고 했다. "나 좀 살려주세요!"라는 한마디 기적 같은 말만 남기고 죽고 말았다는 것이다.

그 녀석을 잘 따랐던 학생들이 흐느껴 울기 시작했다.

왜 이렇게 서운한가. 실감은 나지 않지만 내 심정은 이루 말할 수 없는 무거운 감정뿐이었다. 나는 아무 말도 할 수가 없었다. 울 수도 없었다. 그저 착잡하고 가슴이 꽉 막혀 답답할 뿐이었다.

나는 그 녀석과 친했던 교회 친구 몇 명과 병원 영안실을 찾아갔다. 영안실은 병원의 어둑한 한 구석, 마치 창고처럼 보이는 조그만 단독 건물이었다. 한 서너 칸으로 나누어져 있었던가? 그중에 단 한 곳 그 녀석이 있는 곳만 불이 밝혀져 있었고 이미 낯모르는 몇몇 청년들이 와서 지키고 있었다.

그곳에 들어서는 순간 나는 지금까지 내 생에 한 번도 맡아보지 못한 너무도 칙칙하고 무겁고 진한 냄새를 맡았다. 이게 주검의 냄새인가…. 그런 것도 같았지만 그것보다 더 진하고 짙은 암울한 냄새였다. 그 냄새는 내 의식 속으로 강하게 느껴져 왔고 내 본능 속으로 스며들어 왔다.

온몸이 굳어지는 두려운 냄새였다. 뭐라고 형언할 수

없이 느껴져 오는 숨막히는 절망의 냄새였다. 그것은 나를 침통케 하고 무너질 듯 허무케 하는 침침한 냄새였다. 또한 그것은 나의 온몸과 정신의 감각들을 애절하게 자극하고 있었다.

"죽음의 냄새!"

바로 그것이었다.

그 냄새는 코로 맡아지는 것이 아니었다. 그래도 안치실에 있는 모두를 무겁고 우울하게 짓누르고 있었다. 서너 평쯤 돼 보이는 그 공간에는 무겁고 슬픈 침묵만 흘렀고 기분 나쁘게 흐릿한 형광불빛 아래로 몇 마리의 인시류가 맥없이 날다 떨어지는 모습이 보였다. 그 인시류가 꼭 우리의 인생 같다는 생각이 들었다. 어디선가 날아와 빙빙 돌다가 어둠의 적막한 구석에서 한순간 "툭" 떨어져 버리고 마는 허무하고 일순간적인 별 거 없는 존재 아닌가!

우리는 말없이 그 녀석의 관 위에 노란 국화를 달기 시작했다. 더 이상 달 데가 없이 촘촘히 덮였지만 나는 계속 그 일에 몰두하고 싶었다. 그것 외에 더 이상 아무것도 할 수 없는 내 자신이 한없이 슬플 뿐이었다.

그 녀석의 장지는 마석을 지나 춘천 가는 고개 길가로 들어가는 모란공원묘지였다. 원주에서부터 장례차를 따라 줄줄이 이어온 행렬들이 이미 파헤쳐져 있는 진흙구덩이 주변으로 통제 없이 일제히 모여들었다.

하관예배가 시작되었다. 원주와 서울 교회의 학생들,

청년들이 흐느껴 울면서 찬송을 불렀다. 나는 찬송을 부를 수 없었다. 내 목구멍에는 눈물인지 침인지 모를 무언가가 가득 고여 차 있었다. 지팡이를 짚고도 부축을 받고서서 마음대로 슬픔을 표현하지 못하고 비통해하는 그 녀석의 아버지, 목사님이 그렇게 애처로울 수가 없었다. 그분은 정말 고통스러운 표정을 하고 있었다. 그래도 그 녀석의 어머니는 몸부림치면서 꺼이꺼이 맘대로 울 수 있었지만….

그 녀석이 왜 죽어야 하는가….

참 착한 녀석이었다. 학생들한테 인기도 좋았다. 선교사가 꿈이라던 좋은 녀석인데…. 목회자 집안에서 자라서인지 바르고 재능도 많고 교회일도 잘했다. 우리가 볼 때 앞으로 할일이 많은 정말 필요한, 좋은 녀석이었다. 그런데 하나님은 왜 그런 것도 고려하지 않으시는가…?

나는 그 녀석이 누워 있는 관이 흙에 의해 완전히 덮여질 때까지 하관의 일을 도왔다. 마치 장례를 많이 치른 동네 어른들처럼, 그곳 공원묘지에서 일을 하는 분들처럼 파헤쳐진 구덩이에 먼저 들어가 관을 만지고 구석을 흙으로 채워 다지며 전문가처럼 그 일을 자처한 것이다.

나는 그 녀석이 내게 남기고 간 죽음의 냄새를 알고 싶었다. 그것은 이제 내게 한순간 무겁게 찾아와 나를 짓누르며 고통을 주었다. 하나님은 왜 젊고 아직 창창한 이 녀석을, 나쁜 짓도 하지 않았는데 불러가신 걸까? 의문을 넘어 원망스러움이 울컥하고 올라왔다. 좋은 녀석, 유능한 녀석인데…. 그런 것과 상관없이 불려지는 걸까?

너무 허무하고 원통한 느낌이 들었다.

왜 이다지도 내가 섭섭한가! 그리고 억울한 듯한 느낌이 절실한가!

나도 젊은 놈인데, 그 녀석처럼 바르게 살려는 꿈 많은 놈인데 그것이 한순간, 나의 기대와는 상관없이 끝나버릴 수 있다는 사실에 막막하고 두려웠다. 그것은 나를 무기력하게 만들었고, 고통을 안겨 주었다. 나는 마구 떼쓰는 아이처럼 그곳에 주저앉아 발버둥치며 실컷 울고 싶었다. 나도 언젠가 이렇게 한순간 끝나버릴지도 모른다는 생각이 엄습했고 무서웠다.

한없이 무력함을 느끼는 한순간의 운명이 진짜 나의 슬픔의 이유였는지도 모른다. 그 녀석이 졸지에 죽었다는 슬픔보다 내일 일을 알 수 없는 속절없는 운명의 굴레가 그 녀석의 죽음을 통해 처음으로 절실히 내 것으로 다가온 것이다. 그러고 보니 사람들이 장례식에 찾아와 슬퍼하고 우는 것은 저항할 수 없는 한순간에 죽을 수도 있다는 운명의 실제를 거기 와서야 절감하기 때문이 아닐까라는 생각이 들었다.

장례의식과 절차가 끝나고 시뻘건 진흙으로 된 새 무덤이 하나 생겼다. 모두들 이제 끝났다는 식으로 무덤을 바라보더니 이내 돌아섰다.

그들은 서로 말이 없었다.

그 녀석의 어머니만 외마디 소리로 너 먼저 가면 나는

어떻게 사냐며 목메어 울 뿐이었다.

모두가 버스를 타고 떠나갔다. 그렇게 서럽게 우시던 그 녀석의 어머니도, 괴로워하시던 그의 아버지도, 동생들도, 그를 아끼며 우정과 사랑을 나누었던 친구들도, 그 녀석이 가르치던 귀여운 학생들도 눈물을 훔치며 한 번씩 돌아보고는 떠나갔다. 그래, 그렇게 헤어지고 끝나는 것이다. 어쩔 수 없는 이별에 모두 단념하는 것이다.

죽은 놈만 불쌍하지….

나는 갈 수가 없었다.

죽음의 냄새가 나를 놓아주려 하지 않았다. 내 발걸음을 잡았다.

나는 홀로 인적이 없는 공원묘지의 산을 올라갔다. 한여름 오후의 더위가 내 등줄기로 후덥지근하게 흘렀다. 수많은 무덤들이 나를 둘러싸고 보고 있는 듯했다.

저것이 결국 흙으로 돌아간다는 인생 끝의 막장인가!

공동묘지로 온 수많은 인생들을 서로 지켜보며 서 있는 비석들이 자기 주인의 인생을 몇 자 적은 걸로 대변하며 보여 주는 듯했다. 비석에 이름 석 자를 남기기 위해 태어나고 그토록 갈등하며 번뇌하며 살아온 것인가….

그 산기슭의 팔부능선까지 들어찬 볼록볼록한 무덤들이 무언으로 내게 기분 나쁜 메시지를 보내오는 것 같았다. 그것은 어릴 적, 왠지 대낮에도 공동묘지 가기가 꺼림칙하고 그 옆으로 지나가기도 무서웠던 기억이 되살아나는 듯했다.

잊고 살아온 공동묘지의 공포가 이제 와서 나를 엄습하는 것이 아닌가!

사람들이 잊고 멀리하려는 본능적인 죽음의 공포가 바로 내 옆에 살포되어 있는 것이었다. 온통 무덤의 세상! 죽음의 세계가 생생하게 내 눈에 들어왔다. 주위엔 무서운 정적만이 깔려 있었다.

나는 아래쪽을 내려다보았다. 후덥한데 선선한 바람이 무덤을 타고 거슬러 올라왔다. 그때 그 바람을 타고 나를 사로잡는 무언가 형언할 수 없는 짙은 냄새가 물씬 풍겨왔다.

으스스한 냄새였다.

한순간 더움이 사라지고 오싹한 느낌이 등줄기를 타고 오한처럼 저며왔다. 평범했던 내 젊음의 한 시기에 느닷없이 찾아와 한순간 나를 짓누르며 모든 기대와 삶의 의욕을 무너뜨리고 절망케 한 그것은 칠흑같은 죽음의 냄새였다.

죽음의 냄새, 바로 그런 것이 있는 줄도 모르고 나는 잔칫집만 찾는 세월을 살아온 것이 아닌가!

죽음의 냄새는 저세상에 있는 것이 아니었다. 내가 사는 이세상에 있었다. 그것은 내 가까운 곳에 있었다. 혼자 있는 것이 두려웠다. 주변을 둘러보았지만 온통 죽어 있는 것들뿐이었다.

나는 왜 여기 혼자 남았는가!

그 녀석을 그렇게 떠나보내는 것이 너무 슬퍼서였는가!

무섭고 허탈한 느낌이 불현듯 내 머리를 쭈뼛하게 했다. 나는 여기에 사로잡히기 싫었다. 이런 곳에 묻히는 것이 내 현실 같았다. 이 말없는 정적의 무덤세상으로 들어온 것이 어이없이 느껴졌다.

나는 도망치듯 공원묘지 산고개를 허둥허둥 넘었다. 차들이 변함없이 오가는 춘천가도가 잔솔가지 사이로 내려다보였다. 무엇인가 엄청 무서운 것이 나를 잡으려고 쫓아오는 듯했다. 빨리 내려가야지, 마음이 급해졌다. 나는 그저 살고 싶을 뿐이었다. 나는 휘적거리는 발걸음을 옮기며 자꾸만 하나님을 불렀다. 하나님을 원망했던 것이 두렵게 떠올랐다. 그럴수록 나는 주님만 불렀다. 어떻게 왔는지 신작로가 가까워지고 있었다.

개 기르기

다른 아이들처럼 우리 아이들도 개를 좋아했다. 그러나 개를 키울 수는 없었다. 아이들은 종종 개 한 마리 키우자고 내게 성화였지만 집 안 내실에서 개를 키울 수는 없었다. 그건 냄새나고 개털 날린다며 우리 집사람이 질색이었고, 나 또한 개는 집 안 내실이나 방에서 키우면 안 된다는 견양철칙(?)을 가지고 있었다.

나도 우리 아이들만큼이나 개를 좋아한다.

어릴 적 우리 집엔 어머니가 항상 개를 키우셨는데 어느 정도 크면 팔거나 보신용으로 처리하고 다시 새끼 강아지를 사거나 얻어와서 키웠다. 그때 어미 젖 먹다가 생이별하고 온 강아지는 며칠씩 밤만 되면 깽깽거리면서 어미를 찾는지 시끄럽게 울었다. 나는 그것이 안쓰러워 몰래 마당에 나가 강아지를 안고 들어와 이불 속에 가만히 넣고 재우다가 몇 번씩이나 아버지한테 들켰고, 그때마다 아버지는 강아지 등가죽을 움켜쥐고 마당에 내동댕이

치듯이 던져 놓으시면서 "개는 사람하고 방에서 같이 살 수 없다. 개는 밖에서 커야 개다워지는 거야!"라고 무섭게 말씀하셨다. 나는 아버지가 개를 싫어하셔서 그러신가 했는데 당시 어린 나만큼은 좋아하시지 않았지만 아버지가 개를 귀여워하시는 모습을 종종 볼 수 있었다. 머리도 쓰다듬어 주시고 먹이도 주시고 개집도 지어 주시고 추울 때면 거적이나 짚더미를 깔아 주시는 것이었다. 그래도 냉정하신 것은 아무리 강아지가 불쌍하게 깽깽 울어도 방 안에는 한 번도 들여놓으신 적이 없으셨다.

나는 아이들이 "아빠, 개 한 마리만 키우면 안 돼요? 누구네가 개 줄 테니까 가져다 키우라는데…!" 하며 애원할 때마다 마당이 있는 집으로 이사 가게 되면 그때 반드시 개를 키울 것을 약속했다. 사실 마당만 있다면 개 한 마리 키우고 싶었던 것은 아이들보다 내 마음이 먼저였던 것이다.

그러기를 십여 년이 지나서야 우리는 허름한 구옥이지만 마당이 있는 집으로 이사하게 되었다.

나는 골목을 다니며 버려진 각목이나 베니어판, 망가진 싱크대 문짝이나 서랍장의 서랍 등을 주워다가 개집을 하나 커다랗게 지었다.

좀 엉성하고 약간 옆으로 기운 듯한 개집이지만 나와 우리 아이들은 곧 개를 키울 수 있다는 즐거운 설렘에 젖어 있었다. 그리고 드디어 누님네 집에서 순종은 아니지만 그래도 진돗개 폼을 갖춘 암놈이 낳은, 40일 된 새끼 강아지 한 마리를 가져왔다.

아이들은 환호성을 질렀고, 각자 지은 이름을 고집하며 안아주고 먹이를 갖다 주며 좋아했다. 아이들은 저희끼리 논의 끝에 강아지 이름을 '보리'라고 지었고, 잘 보살피며 친구해 주며 귀여워해 주었다.

보리가 4개월쯤 되었을 때의 일이다. 개를 별로 안 좋아하는 한 사람 빼고는, 온 가족의 사랑을 받으며 제법 짖는 소리도 커지고 주인도 알아보고 반기며 잘 크던 개가 하루는 토하고 설사를 하기 시작했다. 그러다가 괜찮아지겠지 했는데, 이틀이 지나고 삼일이 되어도 멈추지 않더니 이제는 아예 통 먹지를 않았다.

언제나 반갑다고 꼬리치며 까불던 모습도 없어졌다.

우리 아이들은 걱정이 되는지 병원에 데려가 보라고 성화였다. 학교에 갔다 오면 먼저 개부터 살폈다.

아이들 말대로 큰 병에 걸렸는지 축 처져 있는 모습이 불쌍했다. 할 수 없어 병원에 갔더니 수의사는 장염이라며 예방접종은 했냐고 물었다.

내가 안 했다고 했더니, 전염성 코로나 장염인지 일반 장염인지 확인검사를 해봐야 한다고 했다. 만일 코로나 장염이면 그것은 치사율이 높은 병이라 했다. 검사결과 코로나 장염으로 판명났다. 수의사는 이 병에 걸리면 개들은 거의 죽는다면서 장담을 할 수 없지만 입원시켜서 치료를 받아야 한다고 했다.

'개도 입원을 시킨다는 말인가?' 내게는 말도 안 되는 소리 같았다. 안쓰러워하는 아이들과 불쌍한 개를 생각하면 수의사 말대로 하고도 싶었지만 그렇게까지 하면서 개를 키울 수는 없었다. 무엇보다 형편도 그랬고 또한 나의 정서가 거기에 못 미쳤다. 우선 탈수 현상이 심하다고 해서 응급으로 링거도 맞고 다른 주사도 맞고 며칠분 약을 타가지고 집으로 데려왔다.

검사비, 치료비, 약값까지 해서 오만 원 가량이 들었다는 얘기를 들은 집사람은, 사람도 제대로 병원에 못 가는데 웬 개까지 키워서 난리냐 했다.

요즘 사람들이 말하기를 개 키우는 데 돈이 많이 든다고 하더니 이래서인가. 그렇다면 부담스러운 일이다.

병원 치료는 소용이 없었다. 개는 곧 죽을 것 같았다. 침을 흘리며 꼼짝 않고 누워만 있었다. 나는 어릴 적에 어머니가 개가 병에 걸리면 하시던 방식을 생각해 냈다.

시장에 가서 북어를 사다가 머리를 떼어내 푹 끓여서 억지로 입을 벌려 먹여 보았다. 하지만 이미 때가 늦은 것 같았다. 좀더 일찍 해 볼걸 하는 아쉬움이 들었다. 나는 또 어머니가 마이신을 사다 먹이던 것이 생각나서 약국을 찾아갔더니 마이신을 따로 팔지는 않았다. 사정을 해도 처방 없이는 안 된다고 했다. 집에 돌아와 이렇게 저렇게 먹다 남은 감기약 등에서 마이신 성분이 있는 항생제를 찾아 먹여 보았으나 결국은 죽고 말았다.

아이들은 슬퍼했다. 초등학교 5학년이었던 둘째 아들 녀석은 일주일을 두고 개 얘기만 하면 울었다. 고모네 집에서 새끼 낳으면 또 얻어 오면 될 것 아니냐며 나는 그때마다 버럭 소리도 지르며 달랬다.

마음이 아팠다. 나도 개 때문에 어릴 적에 여러 번 운 적이 있었다. 그때는 오래 정들었던 개를 팔거나 보신탕으로 잡아 먹기도 했다.

그런 어른들이 밉고 원망스러웠다. 앞으로 어른이 되면 내 맘대로 할 수 있으니까 그렇게 키우지 않을 것이라고 다짐을 했었다.

몇 개월이 지나 누님네 덜(?) 순종 진돗개가 또 새끼를 낳았다.

이번에는 두 마리를 얻어 왔다. 검정색 강아지 한 마리와 지 애미처럼 갈색이 짙은 누렁이 한 마리였다.

우리 아이들은 빨리 예방접종부터 하라고 했다. 그러겠다고 했지만 차일피일 미루어졌다.

마당 안에서만 있고 아직 새끼 강아지니까 그렇게 급하게 여겨지지 않았다. 무엇보다 그렇게 된 것은 예방접종도 몇 가지를 맞아야 한다면서 개 키우는 것이 돈이 솔찮게 든다는 교회 집사님의 말이 걸렸다. 사실 우리는 개 두 마리씩이나 이런저런 예방접종을 시키며 다른 집들 애견 키우듯이 할 만한 여유가 없었다.

그렇게 한 달쯤 지나서였다. 마당에서 재롱을 피우고 잘 놀면서 아이들의 사랑을 받던 강아지 중에 검정색 강아지가 거품똥을 싸며 먹는 것마다 토하더니 불쌍하게도 며칠 못 가서 죽고 말았다.

아이들 말대로 예방접종을 하지 않은 것이 후회되었다.

'이게 아닌데….'

나는 아이들의 눈치를 살폈다. 더 문제는 그나마 남아 있던 누런색 강아지도 심상치 않은 것이었다.

형제가 죽었는지도 모르고 혼자 까불며 잘 놀던 놈이 잘 먹지도 않고 누워 있으려고만 했다. 먼저 죽은 놈과 똑같은 증상을 보이는 것이었다. 불안한 감이 들었다. 이 강아지마저 죽으면 정말 아이들을 볼 면목이 없을 것 같았다.

늦은 감이 들었지만 할 수 없이 또 그 병원에 갔더니 검사결과 코로나 장염이라는 판정이 나왔다.

'또 죽겠구나!' 하는 생각이 들어 "아니, 집 밖에 한 번도 안 나갔는데 어떻게 이런 병이 전염될 수 있습니까?" 하며 괜히 퉁명스럽게 물었더니, 그 바이러스는 그 병을 앓은 개의 변을 통해 전염이 되는데 산책 나간 개들이 주둥이를 끌고 다니다가 전염될 수도 있고 사람 신발에 의해 옮겨질 수도 있다고 했다. 그리고 그 바이러스는 개변에 섞여 나와 무려 5개월 동안 살아 잠복해 있다고 했다.

그렇다면 먼저 죽은 보리의 장염균이 마당에 아직 남아 있는 것이냐고 물었더니 그럴 수 있다고 했다. 그렇기 때문에 개들은 어릴 때부터 필수적으로 미리 예방접종을 해야 한다는 것이었다.

"아니, 예전에 시골에서 수없이 개를 키웠지만 예방접종 한번 안 했는데도 죽지 않고 잘들 컸는데 어디 이렇게 잘 병들고 죽어서야 개 키우겠습니까?"

나는 괜히 잘못도 없는 수의사에게 퉁명스럽게 말했다.

그러자 수의사는 "예전에 시골에서 이것저것 아무것이나 먹고 자라던 개들하고 요즘처럼 사료만 먹으면서 크는 개들하고는 차이가 있습니다!"라며 요즘 실내에서 키우는 애완견들은 면역력이 약해 병도 잘 들고 죽기도 잘 한다고 했다. 우리 개는 애완견도 아니고 이것저것 막 먹는 잡종개인데도 왜 그러냐고 했더니 아직 강아지니까 면역력이 약했을 것이라 했다.

나는 종합 예방접종비보다 더 많은 치료비를 내고 씁쓸한 마음으로 강아지를 박스에 담은 채 자전거 뒤에 싣고 무거운 발걸음을 끌며 집으로 돌아왔다.

집에서 전염되었을 가능성이 크다는 얘기를 듣고 집사람은 애들한테도 전염되는 것은 아닌지 그 걱정부터 먼저 했다.

나는 힘없이, "여보, 그 장염은 사람하고는 상관 없는 것이래."라고 말했다.

여러 생각이 무겁게 짓눌러 왔다.

처음에 기본 접종만이라도 빨리 할 걸, 하는 후회스런

생각이 먼저 들었고, 또 예전에 동네에 보면 가축이 잘못 크는 집이 있다고 했는데 우리 집이 그런가 하는 황당한 생각도 들었다.

돈 안 들이고 개를 키울 수는 없는 건가?

나 어릴 적엔 다 그렇게 키웠는데….

어쩌면 하나님께서 우리 가족이 개에게 마음을 너무 두니까 징계하는 뜻의 간섭에서 전부 그렇게 죽게 하시는 것은 아닌가.

먼저 많이 커서 죽은 보리는 내가 항상 산책을 데리고 다녔었다. 영리하고 매서운 면도 있어 '이놈은 집도 잘 지키겠군.' 하는 기대도 가졌었는데, 이런 것들이 왠지 이제 와서 마음에 걸렸다. 미미하나마 그것도 의지가 되었기 때문이다. 모든 것이 하나님께 달려 있는데….

"여호와께서 집을 세우지 아니하시면 세우는 자의 수고가 헛되며 여호와께서 성을 지키지 아니하시면 파수꾼의 경성함이 허사로다"(시 127:1)라는 말씀이 떠올랐다.

4개월 이상 컸던 보리도 이 병으로 죽었으니 이제 2개월 조금 넘은 강아지인지라 더 소망이 없었다.

힘없이 축 처져서 겨우 숨만 쉬고 있는 것이었다.

정말 가련했다. 개를 사람 키우듯 하는 이 시대에 그렇지 못한 주인을 잘못 만난 것이다.

학교에서 돌아온 아이들은 그런 강아지의 애처로운 모습을 보고는, "그러니까 데리고 왔을 때 예방접종부터

하자고 내가 몇 번씩 말했잖아요?" 이건 작은아들 녀석의 말이었다.

"아빠! 저 강아지마저 죽으면 우리 이제 다시는 개 키우지 말아요!"

유달리 개를 좋아해 학교를 갈 때와 올 때마다 안아주며 쓰다듬고 하던, 이제 고등학생이 된 딸이 울먹이면서 말했다.

그 말은, 우리 집은 개 키울 자격도 형편도 없는 것 아니냐는 원망스러움이 섞여 내게 들려왔다.

'차라리 처음부터 개를 키우지 말걸.' 하는 생각이 절실했다.

나는 큰 잘못이나 큰 실수를 저지른 사람처럼 아무 말도 못했다.

마음이 너무 아팠다. 죽어가는 개도 불쌍했지만 개를 키우게 되었다고 자랑하며 그렇게 좋아하던 아이들에게, 그것도 한 마리도 아닌 연달아 3마리씩이나 병들어 죽는다면 큰 상처가 될 것 같았다. 그것이 내게는 마음이 더 무거웠고 괴롭고 아팠다.

그렇다고 이제 와서 더 이상 어떻게 인간적으로 할 방법은 없었다.

결국 예방접종 값보다 더 많은 돈을 들이면서까지 강아지를 죽게 만든 나의 안일함이나 부족함이 원망스러웠고 한심스러웠다.

이제 나에게는 한 가지 길밖에 없었다.

"우리 아이들을 날 때부터 지금까지 은혜로 키우시고 사랑하여 주신 하나님, 참새 두 마리가 떨어져 죽는 것도 하나님의 허락 안에 있음을 믿습니다. 한심한 저와 슬퍼하는 우리 아이들을 위해서라도 이 개를 살려주십시오."

나는 그렇게 간절히 기도했다.

개를 위해 기도해도 되는 것인지 잠깐 혼란스러웠지만 하나님의 주권을 의지했다.

개를 별로 좋아하지 않는 집사람도 애들이 안쓰러워 그렇게 기도했다고 했다.

우리보다 아이들이 더 순전한 마음으로 기도했으리라.

꼼짝 않고 죽을 것 같던 강아지가 다음날 조금씩 먹기 시작했다. 걸리면 대부분 죽는다는 무서운 코로나 장염에서 살아난 것이다. 아이들은 무척 기뻐했다.

나는 우리 가정을 위해 긍휼을 베풀어 주신 하나님께 참으로 감사했다.

그러면서 그때 생각하게 된 것은 '성도들을 위해서는 그 이상으로 간구해야 되는데.' 하는 것이었다.

그 강아지가 커서 이제 두 살이 되었다. '마루'라는 이름을 가진 건강한 개가 된 것이다. 덩치가 크지는 않지만 언뜻 보기에는 작은 늑대 같기도 하고 꼬리를 감아올려 진돗개 모습도 있긴 하지만 유독 주둥이에 털이 많아

특이하게 보이는 개이다.

이놈은 우리 집에서 개답게 커가고 있다.

추운 겨울을 두 번씩이나 마당에 있는 자기 개집에서 지냈다. 잡종답게 음식찌꺼기도 잘 먹고 사료도 잘 먹고 그 이후로는 병에 걸리지 않고 건강했다. 아주 추울 때면 간혹 아이들이 마루를 실내로 들여놓으면 안 되겠냐고 하지만 나는 그것을 허락하지 않았다.

"하나님은 말이야, 환경에 잘 적응하며 살도록 짐승들을 지으셨단다. 봐. 저렇게 겨울에는 털이 많이 나 있지 않니? 하나님께서 따뜻한 털옷을 입혀 주시는 거야! 그리고 반대로 날씨가 따뜻해지면 털갈이를 하게 해주셨단다. 봄에 털이 많이 빠지는 것을 보았지?"

정말 짐승답게 가축답게 키우고 다스리는 것이 창조의 질서와 섭리를 아는 하나님 백성 된 자들의 모습이 아니겠는가!

그러나 오늘날 보면 개가 사람처럼 옷을 입고 있다. 실내에 사는 개들도 옷을 입혀 놓았다. 모자 달린 옷을 입은 개도 있고 개 한복도 있고 개 신발도 있다고 한다. 추워서가 아니라 패션이다. 미용도 해준단다. 이쯤 되면 개 수준이 아니다. 개에게 옷을 입히는 일은 개를 부끄럽게 하는 일이다. 이것은 옷을 입어야 할 사람들을 벗기는 것과 같은 것이다. 하나님의 창조섭리를 거스르게도 되는 것이다. 하나님께서 주신 개다운 좋은 털옷을 무시하고 덮어

버리는 격이다.

이뿐만 아니다. 개의 격상도 엉뚱해졌다. 어떻게 된 것인지 사람이 개 아빠가 되고 엄마가 되고 언니가 되었다.

동네 산에서, 개를 데리고 온 60세쯤 되어 보이는 분이 자기 개가 사람을 쫓아가며 자꾸 짖어대자 이름을 부르며 "그러면 안 돼! 아빠한테 와야지!"라고 말하는 것을 보았다.

사람이 개 아빠라….

또 개를 "우리 아가"라고 부르는 아주머니도 보았다.

얼마 전 우연히 길에서 잃어버린 개를 찾는 전단지를 보았는데 그 내용을 보니까 "강아지를 찾습니다. ○월 ○일 오후에 집을 나갔고 사진보다는 털이 더 많이 자랐습니다. 심장이 안 좋아 치료 중이어서 긴급히 찾아야 합니다. 저희에겐 가족과도 같은 아기입니다"라고 씌어 있었다. 개 이름은 '시츄', 태어난 지 2년 되었고 중성화시켰으며 사례금은 50만 원이라 했다. 나는 이 전단지를 보면서 문득 생각나는 것이 있었는데, 그것은 이들이 길을 잃었거나 집 나간 늙은 부모라면 과연 이렇게 애타게 찾을까 하는 거였다. 그리고 이들이 개를 아기라고까지 할 정도로 사랑한다면서도 개를 중성화시켰다는 것은 왠지 내겐 어불성설같이 여겨졌다.

요즘은 개가 사람보다 더 나은 대접과 격상된 자리에 있는 것은 아닌가 하는 생각이 들 때가 많다. 놀랍고 황당한 일들이 주변에서 실제로 많이 일어나고 보여지기 때문이다.

개를 아기처럼 업고 다니는 사람도 보았다. 개를 유모차에 태우고 다니는 사람도 보인다.

요즘에는 애견 장례업체도 있고 제사도 지내준다고 한다. 개에게 유산을 남겨준 사람도 있었다. 좀 심한 말 같지만 개를 사람처럼 키우며 상전 대하듯 대우하는 자들은 어쩌면 반대로 사람은 개처럼 여기는 것은 아닐까 하는 생각이 든다.

개는 개다운 존재로 구분할 줄 알고 사람은 사람다운 존재로 구분하여 각자 자기다운 모습으로 살아가게 해야 하는 것이 만물의 영장이라는 우리 모습이 아니겠는가!

우리 집 마루는 오늘도 새벽기도회에 갔다 오는 내 발소리를 골목 멀리서부터 알아듣고 낑낑거리다가 내가 대문 안으로 들어서면 반갑다고 난리다.

이제 고3 된 딸내미가 밤늦게 공부하고 올 때도 담장을 끼고 골목으로 들어서는 주인의 발소리를 알아듣고 낑낑거리며 반가워해 준다.

우리 집 마루는 요즘 개들에 비하면 촌스럽게 보일지 모르나 순수한 모습 그대로 잘 지내고 있다. 개다운 것이다.

어쩌다 집을 비워두고 가족들끼리 어디 갔다 오면 불과 몇 시간 사이인데도 반가워서 어쩔 줄 몰라한다. 배를 보이며 뒤집은 채 긁어 달라며 버둥거리기도 한다.

"어! 똥 마루 잘 있었나!"

이것은 잡견이라고 내가 부르는 애칭적인 이름이다.

그러면 작은아들 녀석은 그때마다 "아빠! 똥 마루가 아니라 개 마루예요!"라고 한다. 높은 개라나, 그럴 때마다 한 번씩 끼어드는 5살 된 딸내미가 있다.

"똥 마루가 아니야! 진돗개야!"

어린 딸내미의 전문 감별사 같은 강조다. 항상 집에 있으니까 마당에서 마루랑 잘 놀며 가깝게 친구하며 "엄마! 마루가 빵 좀 달래!", "엄마! 마루가 빵 줘서 고마워 그래!" 하면서 개와 가장 대화를 잘 하는 사이여서인지 그렇게 강조한다.

가축 중의 하나인 개 기르기도 이젠 쉽지 않은 시대다.

이렇게 저렇게 병들고 돈 들어서가 아니라 개와 사람과의 관계 혼란에서 오는 황당한 도전이 평범한 가정생활마저 어지럽히고 있기 때문이다.

모든 부분에서 이치가 깨지고 창조의 순리와 질서가 바뀌는 역리현상 시대를 두려워하지 않고 개가 사람이 되고 사람이 개가 되어 서로 잘 통하는 양 함께 짖어대고 있기 때문이다.

동물은 사랑한다면서도 사람은 사랑하지 않는 자들의 가정과 이 사회 곳곳에 건강한 관계를 해치는 코로나 장염균이 무섭게 잠복해 있기 때문이다.

그리운 새벽 종소리

어둠의 끄트머리에는 새벽이 있습니다.

또한 그 새벽을 알리며 우리를 일깨우는 예배당 종소리가 있었습니다.

"뎅그렁~ 뎅, 뎅그렁~ 뎅…."

새벽 종소리, 그것은 곤하고 깊은 어둠의 잠에 빠져 있는 우리를 일깨워 주는 주님의 은은한 부름 소리 같은 것이었습니다.

그런데 이제 그 새벽 교회당 종소리는 사라져 버렸습니다. 언제부터인가 새벽이 와도 그 종소리는 들려오지 않습니다. 그래서인지 사람들은 자꾸만 어둠의 깊은 잠에서 깨어나지 못하고 혼곤한 잠 속으로 더욱 빠져버리는 것 같습니다.

새벽을 잃어가는 세대가 되어가는 것입니다. 파수꾼처럼 우리를 일깨우는 종 치는 자가 사라진 것입니다.

오히려 혼돈과 안일과 맹신 속으로 잠들게 하는 세대로 함께 변화되어 가는 것입니다.

나는 요즘 자주 그 새벽 예배당 종소리를 들으러 내 어린 시절의 새벽시간으로 돌아가 보곤 합니다.

어릴 적, 나는 날마다 아버지가 치시는 예배당 종소리를 들으며 새벽에 깨어나 잠시 잠을 설치다가 다시 잠들곤 했습니다.

유난히도 아버지를 좋아하며 따랐던 나는 언제나 아버지 곁에서 아버지의 꺼칠꺼칠한 턱수염을 만지며 잠들곤 했는데 잠결 속에서 더듬거리며 찾는 아버지의 얼굴이 손에 만져지지 않을 때면, 얼마 후 아버지가 치시는 새벽 종소리가 내 귀에 들려왔습니다.

"뎅그렁~ 뎅, 뎅그렁~ 뎅!"

새벽 4시에 첫 종을 치고, 4시 30분에 재종을 쳐서 새벽 예배시간을 알리던 교회당 종소리는 고요한 새벽 어둠을 타고 은은하면서도 또렷이 내 마음에 울려왔습니다.

"뎅그렁~ 뎅~"

시골 교회 장로님이셨던 아버지는 이 새벽종을 치시기 위해 타처로 출타하셨다가도 반드시 그날로 돌아오셨습니다. 주무실 만한 상황과 간청에도 대단한 고집이셨습니다. 차편이 드물고 어려운 당시에도 몇십 리 정도는 밤늦게라도 걸어오셨습니다.

지금에 와서야 절실히 느끼지만 그것은 정말 그분에게 있어서 신실한 믿음의 삶이었고 사명이었던 겁니다. 비가 오나 눈이 오나 누가 알아주지도 않고 상 주는 것도 아닌데….

파수꾼과 같은 분들이 치시던 그때의 새벽 종소리는 날마다 우리를 정신 없이 헤매던 어둠의 잠으로부터 일깨워 주었습니다.

뿐만 아니라 하루의 시작을 하나님 중심으로 하도록 주님 전으로 불러내 주었고, 가장 좋은 시간에 주님과 간절한 기도의 교통을 가지도록 때를 맞추어 주었으며, 그렇게 하루하루를 거룩히 주님과 동행하는 삶을 살도록 우리의 마음을 울려주기도 했습니다.

그러던 그 새벽 종소리가 언제부턴가 그치고 이른 아침 스피커를 통해 울리는 새마을운동 노랫소리처럼 흔들거리며 징징 울려대는 청소차 신호음악 소리처럼 교회 종소리가 차임벨 소리로 새롭게 바뀌기 시작하더니 얼마 안 가서 주변으로부터 시끄러운 소음공해로 미움 받기 시작했습니다. 그러자 정부에서는 예배당 차임벨 종소리를 소음공해로 규제했고 금하게 된 것입니다.

그때부터 새벽 교회당 종소리는 아주 멀리 사라져 버렸습니다. 어쩌면 새로운 시대 문화와 유행의 물결을 반기며 따르던 우리들이 교회도 인간의 기대대로 새롭게 변화되길 원하면서 구닥다리 같은 그 새벽 종소리를 듣기 싫어했는지도 모릅니다. 마치 파수꾼의 나팔소리를 듣기 싫어 하며 외면했던 이스라엘 백성들처럼.

언제부터인가 이 땅의 교회들은 편안한 신앙생활을 원했습니다. 자신의 기대에 따라 형편과 사정에 따라 신앙을 맞추려 했고 일깨움의 권면이나 경계의 간섭을 받으려 하지 않았습니다. 이에 교회 지도자들은 그들이 원하는 대로 맞추어 주고 따라가 주었으며, 그들 좋을 대로 하도록 내버려두기 시작한 것입니다. 그러자 안일의 잠에 빠지게 되었고 그런 상태에서 누구도 깨우려 하지 않았습니다.

교회들은 크고 높아지려 경쟁 중심으로 변질되었고 깨우지 못하는 명칭만 파수꾼인 자들은 욕망의 비전 따라 성공하기에만 몰두합니다. 그릇의 겉만 윤나게 닦고 외형과 외식적인 것만을 자랑하는 교계가 되어 버렸습니다.

대체적으로 교인들은 바른 가르침은 버리고 자신의 사욕을 좇을 스승을 많이 두며 허탄한 이야기를 따라 몰려다닙니다.

소경 된 인도자들은 수단방법 안 가리고 열심히 모아 보이는 세상을 살게 하고 사람들을 맹종케 하려고 탁월한 조련사로서 리더십을 갖추려 전력하고 더 나아가 교권까지 서로 잡으려 다툼이 판치는 시대가 되었습니다.

세상에서 높임받고 대우받는 위치의 사람들이 역시 교회에서도 대우받는 어른이 되었습니다. 섬기는 자가 아니라 오히려 섬김을 받고 대접만 받으려는 것이 교회 어른의 모습처럼 본이 되어 버렸습니다.

"돈 없으면 교회도 못 간다!"는 황당한 말들이 실감나게 떠돕니다.

이제 경건한 신앙은 극보수나 유대적인 율법신앙으로 몰아 버리고 시대적 사조나 인본적인 요란한 세속의 물결이 유행처럼 교회로 밀려 들어와 넘실거립니다.

그나마 어딘가에서 겨우 삐져 나오는 가녀린 순전한 외침들은 대세의 물결에 거스르는 자가 되었고 바보처럼 외면당하는 것이 되었습니다.

이 모두가 신실한 깨움의 새벽 종소리가 사라짐으로 인해 생겨난 교회의 변질이요 혼돈인 것입니다. 이렇듯 깨어나지 못하는 어둠의 깊은 잠속으로 자꾸만 허둥거리며 중심을 잃고 빠져버리는 슬프고 심각한 상태에 이른 것입니다.

입술로만 주를 부르며 허탄한 꿈만 꾸는 시대!

게으르고 나태한 잠에서 이젠 완전히 소경 된 죽음의 잠으로 혼곤히 빠져버리는 시대가 되었건만 깨어 치는 자도, 듣고 깨는 자도 없어진 새벽 없는 깜깜함의 세상으로 새벽 종소리는 묻혀버린 것입니다.

이제는 종도, 종 치는 사람도, 새벽 종소리를 들어야 할 사람도 함께 깊이 잠들어 버린 것입니다. 그것이 언제 있었던가! 모두에게 아련해졌습니다.

"여호와여, 도우소서. 경건한 자가 끊어지며 충실한 자가 없어지도소이다!" "여호와여, 나의 눈을 밝히소서. 두렵건대 내가 사망의 잠을 잘까 하오며."라고 한 다윗의 간절한 기도의 고백이 매우 절실한 때가 된 것입니다.

깨어 있는 자만이 남을 깨울 수 있는 생생한 외침의 종소리가 시리도록 간절합니다.

아! 새벽 종소리가 그립고 그 종을 치시던 아버지가 너무 보고 싶습니다. 오랜 날들이 지나고 새벽 시간들도 숱하게 지났건만 아버지는 더 이상 종을 치러 오시지 않기 때문입니다.

나는 그럴 때마다 그분이 치시던 새벽 종소리를 들으러 내 어린 날 새벽시간으로 조용히 달려가 봅니다.

"뎅그렁 ~뎅, 뎅그렁~ 뎅…."

지금도 이 생생한 새벽 교회당 종소리는 내 속사람의 귀에 아버지의 음성같이 여운을 남기며 또렷이 들려옵니다.

"잠자는 자여 깨어서 죽은 자들 가운데서 일어나라!"

나는 지금 종 없는 교회의 인도자요 아비 되어 예배당에 엎드려 내 자녀들과 맡겨진 성도들을 위해 무엇으로 저들을 일깨울 수 있을지 답답함에 고민하며 그저 머리를 조아릴 뿐입니다.

주여!…

보릿고개를 완전히 넘어가신 작은아버지

2017년 4월 11일 오전 8시.

고 황금찬 시인의 장례식이 강남성모병원 장례식장에서 있었다. 1부는 초동교회 목사님의 집례로 장례예배를 마치고, 2부는 대한민국 문학인 장례로 이어졌다. 매우 숙연한 분위기 속에 순서에 따라 한 위원이 약력 보고를 했고 이어 문인들의 조사가 애절하게 낭독되었다. 간혹 흐느끼는 소리가 들려왔다. 마지막으로 황금찬 시인의 제자라는 한 여류시인이 고인의 시 한 편을 낭송했다. 그 시는 「어머님의 아리랑」이었다.

어머님은
봄산에 올라
참꽃(진달래)을 한 자루 따다 놓고
아침과 점심을 대신하여
와기에 꽃을 담아 주었다

입술이 푸르도록 꽃을 먹어도
허기는 그대로 남아 있었다

나는 이 구절에 이르러 목이 메어옴을 느꼈고 더 이상 슬픔을 참을 수 없었다. 젖어드는 눈시울을 억지로 외면하려 했지만 역부족이었다. 나는 매우 어렵게, 그리고 힘들게 흐느꼈다. 나는 작은아버지의 시 속에서 옛날 그분의 어렵고 가난했던 가정이 마치 내 집의 과거처럼 생생하게 느껴졌다. 그 집의 맏이로 14살 때부터 가장 역할을 하느라 고생하신 우리 아버지가 느껴졌고, 수저 몇 개 외엔 아무것도 없는 집으로 일찍 시집와서 이날 이때까지 고생이라며 두고두고 우리 귀에 딱지 앉도록 옛말하신 어머니가 절절해졌기 때문이었다.

작은아버지의 시에는 그분의 삶이 있고 슬픈 노래가 있다. 나는 시인도 못 되고 평론가도 못 되지만 우리 작은아버지의 시에는 그 시대 대체적으로 어려웠던 가난의 설움과 아픔이 있고 그것을 슬프게 노래하는 눈물이 있음을 보았다. 명절 때 작은아버지를 뵈러 가면 그분은 내게 가난했던 옛 과거 시절을 하나하나 더듬으면서 얘기해 주셨다.

원래 양양이 고향이셨던 나의 할아버지가 큰형님 집에서 머슴살이하다가 매정한 사람들과 당시 형편으로 인해 빈손으로 쫓겨나다시피 하여 식솔들을 이끌고 북간도로 가다가 함경북도 성진에서 머물게 되었고 거기서 매우 어렵게 살게 됐을 때의 얘기가 주로 많았다.

그때의 애환은 그분의 시 「보릿고개」에 잘 나타나 있다.

보릿고개. 한없이 높고 높아서 많은 사람들이 울며 넘고 굶으며 넘는, 해발 구천 미터의 보릿고개 얘기를 하실 때마다 작은아버지의 음성은 애절했고 때로는 눈시울도 젖었다. 그런 얘기 때마다 마지막으로 하시는 말씀은 "너희는 잘살아야 한다."였다.

그러고 보니 그때 작은아버지는 아직 보릿고개를 넘고 계신 것 같았다. 보릿고개의 한이 지금도 남아 그 마음에 높은 고개가 되어 있는 것이었다. 이제야 그 산을 완전히 넘어가신 것이다.

나도 보릿고개를 안다. 우리 부모님들의 어린 시절에 비하면 한없이 낮지만 나에게도 죽조차 겨우 먹던 배고픈 시절이 있었다. 그래서 시큼한 참꽃 맛을 알고 주머니에 넣고 다니며 이빨이 아프도록 씹던 칡 맛도 알고, 소나무가지 송고 맛도 안다. 처음엔 달콤하나 계속 먹으면 속이 메슥거리는 아카시아꽃 맛도 알고 찔레 맛도 안다. 그래서 작은아버지의 보릿고개 얘기는 대를 이어 가난했던 우리 얘기 같아 내게 더욱 애절했다.

얼마 전에는 아버지로부터도 듣지 못했던 얘기를 해주셨다. 우리 할아버지가 성진장로교회 집사 직분으로 교회를 섬기며 신앙생활할 때였는데, 마침 성진장로교회에 길선주 목사님이 사경회를 하러 오신 적이 있었다는 것이다. 할아버지는 대접할 것이 아무것도 없으면서도 그

강사 목사님을 대접하고 싶어 집으로 모셨다고 했다. 할아버지로부터 그 얘기를 들은 할머니는 성진항구에 나가 일해주고 삯으로 받아와 말리던 명태를 삶아서 대접했다고 한다.

그때 길선주 목사님은 시력이 매우 나빠서 옆에서 모시고 다니시던 장로님이 계셨는데, 그분이 길선주 목사님을 이끄시고 초라한 우리 할아버지 집으로 인도하셨다. 방에 들어오신 길선주 목사님은 허름한 상을 더듬어 보시더니 작은 명태 두세 마리 삶은 것만 덩그러니 있는 것을 아시고 눈물을 흘리시면서 하나님께 간절히 기도해 주셨다고 했다. 그리고 당시 소년인 작은아버지를 위해 소망의 말씀도 해주시고 가셨다는 것이다.

"하나님, 어렵고 가난하지만 부족한 주의 종을 대접하려 한 이 가정에 주님의 은총이 풍성하기를 간구합니다."

내게 있어 이 얘기는 놀랍고도 특별한 내용이었다. 당시 한국 기독교 초기, 우리 집안에 길선주 목사님까지 오셨다는 것이 실로 감격이었고 감사할 일이었다. 신앙의 뿌리를 좀 더 자세하게 찾아볼 수 있는 정말 신선하고 획기적인 일을 작은아버지는 내게 말씀해 주신 것이다.

우리 집안에 있어 신앙생활은, 우리 아버지가 먼저 믿게 되었고 할아버지는 장남이 개종했으니 나도 따라야겠다면서 믿음을 가지게 되었다고 한다. 내 어린 시절 정선에서 살 때 기억나는 할아버지의 모습은 항상 성경을 읽으시고 찬송을 부르시는 것이었다.

"십자가 군병들아 주 위해 일어나…."

"주와 같이 길 가는 것 즐거운 일 아닌가, 한 걸음 한 걸음…."

할아버지는 월남하신 후 양양 어상천리에, 그리고 정선 용탄리에 각각 교회를 세우기도 하셨다. 나에게는 할아버지가 보셨던 오래된 가보 같은 성경책이 있다.

내가 작은아버지를 마지막으로 찾아뵌 것은 지난 2월이었다. 작은아버지의 둘째 아들이 하는 횡성농장에 계셨을 때였다. 그때 집사람하고 그곳에 갔다가 차가 눈길에 빠지는 바람에 매우 곤욕을 치르면서 할 수 없이 차는 신작로 가에 세워두고 눈길을 헤치며 농장까지 언덕길을 걸어서 갔었다.

백 살의 고령으로 거동이 불편하신 작은아버지께서 나를 알아보시고 반가워하시며 우리 형제들의 안부까지 기억하여 물으시고 내게 기도까지 부탁하셨다. 나와 집사람은 작은아버지의 여생이 하나님 나라를 더욱 소망하는 평안과 기쁨의 삶이 되길 손 잡고 간절히 기도했었다.

마지막 집안 어른으로 계셨던 작은아버지도 이제 하나님의 부르심에 가셨다. 내게 있어 슬프도록 그리운 분들이 되셨다.

눈시울이 붉어지며, 때론 울먹이시면서 조용히 보릿고개를 얘기하시던 작은아버지가 그립고, 14살 때부터 가장 역할을 하셨던 내게 있어 새벽 종소리가 되신 황상찬 장로님이 그립고, 가난을 슬퍼하시는 것보다 가난에 화내시면서 억척스럽게 사셨던 어머니가 그립다.

이젠 완전히 보릿고개를 넘어 아주 멀리 가신 분들인데 내 마음은 왜 이리 울적하니 그리운가!

"할아버지! 아버지! 작은아버지! 이제 우리 시대를 이어 우리 자식세대는 양식이 없어 주리는 보릿고개 기갈 시대가 아니라 순전한 여호와의 말씀을 먹지 못하고 듣지 못하는 메마르고 삭막한 영적 기갈 시대가 되었습니다. 높은 보릿고개보다 더 힘들고 각박하고 사람들이 비틀거리며 허탄한 이야기에 빠져 괴로워하며 허덕이는 혼란과 강퍅함의 시대입니다. 형편이 어려운 환난은 있었지만 순전한 신앙으로 함께하며 양심으로 바르게 살아간 당신들의 모습이 그립고, 그 시대의 건전한 신앙이 부럽고 그리워집니다."

나는 우리 조상들이 남긴 가난의 흔적 속에 하나님 나라의 부요한 믿음을 보며 그리운 슬픔을 달랜다.

아기는 왜 태어나자마자 우는 걸까?

좀 엉뚱한 얘기 같지만 아기는 왜 태어나자마자 우는 걸까?

모두가 저를 간절히 기대하며 기뻐하고 좋아하는 축복된 날인데 방긋방긋 웃으면서 태어나면 안되는 걸까?

우리 큰아이가 태어나던 날, 나는 초조함 속에서도 가끔씩 들리는 신생아실 아기의 울음소리를 들으며 줄곧 그 궁금증에 사로잡혀 있었다.

아내의 진통이 멎고 우리 아이의 울음소리가 분만실에서 울려 나오고부터는 아예 여유 있게 신생아실을 오가며 꼬물락거리고 있는 갓난아기들을 창문 너머로 들여다보면서 그 생각에 곰곰이 잠겼었다.

아기는 왜 태어나자마자 우는 걸까?

세상으로 밀려 나가는 인생의 첫 관문이 너무나 좁고 힘들어서일까? 아늑하고 편안한 엄마의 뱃속에서 언제까지나 머물러 있고 싶은데 뭔가에 의해서 떠밀려지고 어딘지 모르는 미지의 세계로 떨어지는 슬픔을 예민하게 느껴서일까?

엄마로부터 이어진 생명의 탯줄이 끊기는 아픔과 외로움의 슬픔과 삶의 위협을 본능적으로 느껴서일까?

이제부터 살아갈 세상에 대한 걱정이 본능적으로 예측되어서일까?

죄의 형벌로 인해 잉태와 출산의 고통을 받아야 하는 여인들의 기구한 인생을 엄마의 몸 속에서 듣다가, 출산 막바지에 몸부림치는 엄마를 통해 크고 무서운 고통을 가장 가까이에서 여린 몸으로 느끼며 두려움을 실감했기 때문일까?

정말이지 산고는 멀쩡했던 사람을 졸지에 초죽음시키는 것이다. 그것은 한순간에 볼 수 있는 지옥의 아비규환이랄까? 실로 견디기 힘든 괴로운 고통을 보는 것 또한 고통이었다.

전날 오후 3~4시경 배가 아파온다는 아내를 데리고 병원엘 갔는데 아내는 밤새 진통하다가 다음날 아침 8시가 넘어서야 분만했다. 정말 그때까지의 시간은 처절한 것이었다. 나는 반쯤 정신 나간 사람처럼 줄곧 안절부절못하면서 진땀을 흘리며 괴롭고 고통스러워 신음하는 아내의 손을 대책 없이 부여잡고 간절히 하나님만 불렀었다. 그때 그 고통의 신음, 괴로움의 몸부림 그것은 참으로 힘들고 뼈저린 진통이었다.

아내는 너무 힘들어했고 탈진한 상태로 괴로워했다.

나는 그때 몇 시간 동안 주어지는 것이지만 하와로 인해 내려진 죄의 형벌이 얼마나 무서운가를 실감했다.

그렇다면 영원히 받게 될 죄로 인한 형벌의 고통은 얼마나 무섭고 클까?

나는 그것을 몇 시간 동안이지만 뼈저리게 절감했다. 그 시간은 내게 참으로 너무 길고 긴 고문 같은 것이었다.

옆에서 보는 것조차 그렇듯 고통스러운데 아이를 낳는 본인은 어떠했을까?

나는 그때 아내의 몸부림치는 진통을 피해 안 보고 안 들리는 곳으로 도망가고 싶은 절실한 심정을 몇 번씩이나 느꼈다. 정말 다시는 보고 싶지 않은 처절한 고통의 모습이었다.

그런데 아기는 도대체 왜 태어나자마자 우는 걸까?

방글방글 웃으면 안 되는 걸까?

태어나자마자 아기가 웃는 것을 보았다는 사람이 혹시 있는지….

우는 것은 본능적이고 선천적인 것이지만 웃는 것은 크면서 배우는 것이기 때문일까? 아니면 분만실 밖에서 안절부절못하면서 자기의 탄생을 초조히 기다리는 가족들을 위해 이제 나 태어났다고 알리는 분명한 신호가 웃음보다 울음이 더 생생하고 확실하기 때문일까?

아니면 금방 나온 아기의 두 다리를 거꾸로 쥐고 "이 녀석, 여러 사람 혼나게 했다"며 멍이 들도록(그것은 몽고반점이지만) 볼기를 때리는 산부인과 의사의 커다란 손 때문일까? 아니면 난생처음 본 살벌한 분만실의 분위기 때문일까? 마치 못되고 흉악한 죄인에게 채워놓고 고문하며 취조할 때 쓰기 위해 만들어진 듯한 싸늘한 형틀 같은 분만대, 사정없이 만들어진 섬뜩한 의료기들, 집게, 메스, 가위, 피 묻은 거즈, 약품 냄새보다 더 짙게 풍기는 역한 피비린내, 죄인 다루듯 하는 간호사와 의사의 냉정하고 짜증 섞인 목소리, 그들의 엄하고 차가운 표정, 그곳에서 뒤틀림 당하듯 몸부림치는 고통의 비명소리. 뭐 이런 살벌하고 무서운 분위기가 아기를 놀라게 했기 때문일까?

살벌한 분만실이 없었던 시대, 따뜻한 온돌방에서 경험 있는 이웃의 중년 아주머니나 할머니들이 자기 일처럼 다정히 정성껏 산파 역할을 해주던 그때도 아기는 울었는데, 그렇다면 그것도 이유에 맞지 않는다.

그렇다면 도대체 왜 아기는 태어나자마자 "응애, 응애!" 하고 우는 걸까? 방긋방긋, 방글방글, 기분 좋게 웃으면서 나오면 안 될까?

모두가 다 기뻐하고 좋아하는데, 하나같이 자신의 탄생을 축하하며 즐거워해 주는데 왜 우는 걸까? 엉뚱하고 터무니없는 생각일지도 모르지만 나로서는 매우 진심으로 궁금했다.

산부인과 의사에게 한번 물어볼까도 했다. 아니, 신생아실을 들락거리는 간호사에게 농담반조로 슬쩍 한번 건네보고도 싶었다.

그러나 나는 그들의 의학적이고 논리적이고 또 어떤 체험적인 대답으로 내 궁금증을 풀고 싶지 않았다. 왜냐하면 뭔가 막연한 것 같지만 아기의 첫 울음소리에는 누구도 감히 생각할 수 없는 굉장한 어떤 비밀스런 이유가 있을 것 같았기 때문이다.

나는 그것이 인생의 커다란 숙제같이 느껴졌고, 그것을 파헤치면 인생의 엄청난 비밀이 드러날 것 같은 예감이 들었다.

나는 그것의 궁금증이 더하면 더할수록 매우 심각함과 진지함을 느꼈고 반면에 매우 설렘도 느꼈다. 그것은 이런 것이 아닐까 하는 생각들이 내게 어떤 기발한 확신을 가져다주었기 때문이다.

그렇다! 그것은 번뜩이는 영감 같은 것이었다. 나는 그 답을 나름대로 직감하며 생각해 낼 수 있었다.

갓난아기가 태어나자마자 우는 것에는 매우 중요한 의미가 담겨 있다. 그 울음소리에는 뭔가 중요한 것을 잊고 사는 우리 모두가 들어야 하고 알아야 하는 무언의 크고 깊은 인생의 근원적인 의미가 꾸밈없이 담겨져 있는 것이다.

우리 죄인 된 인생의 전부가 암시되어 있는 것이다.

빈주먹으로 왔다가 빈주먹으로 돌아가는 슬프고 허무한 인생을, 아기는 엄마의 좁은 문을 통해 막 인생을 출발하면서 본능적으로 느낀 대로 표현하는 것이다.

인생은 날 때부터 슬픈 것임을 본능적 계시로 나타내는 것이다!

모세의 시편을 보면, 주의 분노 중에 지나가는 우리의 평생의 자랑은 수고와 슬픔뿐이라 증거하지 않았던가!

진노의 삶의 굴레를 벗어날 수 없는 인생이기에….

그래서 구원과 회복된 삶이 필요한 것처럼 말이다.

온갖 부귀영화를 누렸다던 솔로몬 왕도 말년에 고백하기를 하나님을 떠난 인생의 일평생은 어두운 데서 먹고 번뇌와 병과 분노가 있다고 했고, 인생은 잠시 피었다가 사라지는 광야의 들풀꽃과 같이 일시적이고 헛되다고 했다. 바로 이런 고생과 허무한 인생의 슬픔을 아기는 태어나는 과정을 통해 가장 순진하고 예민한 감각으로 느끼면서 그대로 울음으로 표현하는 것이다!

우리의 슬픈 인생의 진실이 꾸밀 수 없는 아기의 울음 속에 증거되고 있는 것이다!

오염 안 된 순진한 몸으로 세상을 처음 감지하면서 이 세상이 어떤 곳임을, 이 세상 삶이 어떤 것임을 느낀 그대로 절실하게 표현하는 것이다!

거짓 없는 그의 순수한 울음이 인생과 세상이 어떠함을 만천하에 고하는 것이다!

파수꾼의 나팔소리처럼 알려주는 것이다!

그것은 이제 갓 태어난 순진무구한 아기만이 본능적으로 감지할 수 있는 느낌이요 진실하고 심각한 표현인 것이다!

하나님으로부터 버려지고 결국 모두로부터 떨어지는 영원한 외로움의 슬픈 인생을, 어머니 태로부터 떨어지면서 고난의 그 인생을 감지하는 것이다.

인생은 고난을 위해 났다고 성경도 증거하고 있지 않은가? 그리고 아이는 자라면서 웃음을 배워 가리라!

그리고 다시 웃음을 잃어버린 늙은 인생의 슬픈 말년이 될 때까지 인생의 참 슬픈 진실을 잊어버리고 살아가겠지….

나는 우리 큰아이가 태어나던 날, 이런 슬픈 세상과 인생에 대한 진실한 고함을 갓난아기의 처음 울음을 통해 듣게 되었다. 그러므로 아기는 태어나자마자 웃지 않고 울 수밖에 없음을 나는 비로소 깨닫게 된 것이다.

좀 엉뚱한 얘기 같지만 이것은 내게 있어 난생처음 듣는 인생의 특별한 울음소리였던 것이다.

아이들은 왜 높은 데 올라가기를 좋아할까?

아이들은 왜 높은 곳에 올라가기를 좋아할까?

아이를 길러 본 사람이라면 누구나 이런 아이들의 모습을 경험했음을 기억하리라….

그러나 그것을 곰곰이 생각해 보지는 않았을 것이다.

대부분의 아이들은 막 걸음마를 배우면서부터 초등학생이 되기까지 높은 곳에 오르기를 좋아하고 높은 자리에 올라앉기를 좋아한다. 먼저 야트막한 밥상부터 올라가기 시작하여 의자나 소파, 그것도 소파에서 제일 높은 등받이까지 올라가 앉는다. 방이나 거실에 올라갈 수 있는 곳이라면 다 올라가 본다.

뿐만 아니라 나가서 놀 나이가 되면 동네 골목이나 놀이터에 올라가 볼 수 있는 곳이라면 다 올라가 본다.

버려진 가구들이나 공사를 위해 부어놓은 모래더미, 벽돌더미, 세워진 트럭 위, 끝없는 아파트 계단, 옥상, 올라가는 놀이기구 등 모두 다 오를 대상처럼 보이는지 올라가다가 넘어지고 미끄러지고 떨어져 울면서도 또 올라간다.

물건들을 뒤엎고 깨고 넘어뜨리면서까지 올라간다. 그래서 때론 엄마들을 놀라게 하고 혼나면서까지 오르고 또 오른다. 위험한 느낌이나 두려움도 없다.

언젠가 장안동에 살 때의 일이다. 연립주택이 많은 골목을 지나가는데 어디서인지 아이의 심상치 않은 울음소리가 들려왔다. 그것은 보통 울음소리가 아니라 급박한 괴로움의 울부짖음이었다.

나는 다급한 상태임을 직감하고 소리 나는 방향을 재빨리 둘러보았다. 그랬더니 다섯 살쯤 되어보이는 꼬마 녀석이 연립주택 담에 끼여 버둥거리고 있는 게 아닌가!

그 담은 일정한 간격으로 윗부분이 요철처럼 들어가고 나오게 되어 있었는데 그 모양이 마치 성곽 같았다.

그런 성곽 같은 담의 들어간 부분은 어른 팔뚝만큼이나 굵은 쇠파이프 세 줄로 가로질러져 있었다.

그 꼬마 녀석은 거기에 올라가서 놀다가 내려오며 그랬는지 쇠파이프 사이에 머리가 걸려 버둥거리며 비명에 가까운 울음소리를 내고 있었다. 나는 얼른 달려가 머리를 위로 올려서 빼내어 주었다.

꼬마 녀석은 크게 놀랐는지 걸렸던 머리 부분이 아파서인지 계속 울면서 집으로 향했다.

나는 그것을 보며 심장이 놀라 뛰고 있음을 느꼈다.

아이들은 왜 위험한 줄도 모르고 높은 곳에 오르기를

좋아할까?

나는 언제부터인지 이것이 궁금해졌다.

아마 나도 아이를 키우면서 이런 아이들의 공통점을 거듭 발견하면서부터였을 것이다.

무엇보다 꼬맹이들이 올라가다 떨어지지는 않을까, 높은 데서 뛰어내리다가 다치지는 않을까 내심 신경쓰며 붙잡아주고 했던 것이 걱정 반, 의문 반으로 발전했을지도 모른다.

우리 아이들도 어렸을 때 높은 데 올라가기를 좋아했다.

큰녀석은 돌이 지나면서부터 밥상에 올라가 앉기를 좋아했는데 그러면 집사람과 나는 밥상에 있는 음식을 재빨리 바닥에 내려놓고 상전 아래 하인처럼 고개를 처박고 눈치 보면서 밥을 먹기도 했다. 또 그 녀석은 방벽에 붙어 있는 높은 책꽂이의 좁은 면을 계단처럼 디디면서 몇 칸씩 올라가려 여러 번 시도했는데 그때마다 우리 집사람이나 나는 놀라서 붙잡아 내리곤 했다.

그뿐 아니라 조그마한 다락이 있는 집에서 살았던 적이 있었는데, 큰녀석과 연년생인 딸아이는 서로 그 다락에 올라가 그곳이 마치 중요한 요새나 되는 듯 자기 물건들을 올려다 놓고 진 치려 했고 그곳에서 놀다가 잠을 자기도 했다.

그러나 그때는 왜 이렇게 애들이 높은 데 올라가기를 좋아할까에 대해 궁금해 한 기억은 없는 것 같다.

지금에 와서 이 궁금증은 가끔씩 나를 심연에 잠기게 한다. 누가 들으면 쓰잘데기없는 생각이라고 할지 모르겠지만 나는 아이들이 왜 높은 곳에 자꾸 올라가려 하는지 궁금한 마음을 숨길 수가 없다.

바벨탑을 쌓던 이들의 후손들이라서일까?

창세기 11장에 보면 인류가 흩어지기 전, 언어가 혼잡되기 전에 우리 인류의 조상 된 자들이 하나님 앞에 교만하게도 바벨탑을 쌓았다.

인간의 지혜와 능력과 방법으로 높아지려고 했었다. 헛된 이상을 실현시키려 했었다.

그러나 그것은 하나님의 징벌로 인해 수포로 돌아갔고 오히려 혼잡과 흩어짐만 가져왔다.

이것이 내내 인간들의 내면 속에 욕구불만으로 앙금처럼 남아 전해지는 것은 아닐까?

지금도 인간들이 끝없이 문명의 바벨탑을 쌓아가며 높은 이상의 비전을 바라는 것을 보면 연관성이 없지는 않은 것 같다. 그렇지 않다면 아이들이 하나같이 높은 데 올라가는 것을 좋아할 리가 없을 것 같은데 말이다.

어쩌면 아이들은 높은 데 올라가기를 좋아해서가 아니라 자신들이 작은 것에 대한 콤플렉스를 본능적으로 느껴서 높은 데 올라서려 하는 것은 아닐까?

우리는 실제로 아이들이 형제나 친구들끼리 모여 놀면서 의자나 책상 위, 식탁 위 등 어디 한 군데씩 올라가

"내가 더 높지?" "아니야, 내가 더 높아!" 하며 서로 키재기하듯이 까치발로 서서 노는 것을 보곤 한다.

뿐만 아니라 소파나 소파 등받이까지 올라가서 "내가 더 크지?" "형아보다 더 크고 엄마보다 더 크지롱!" 하며 자신이 그렇게 실제로 커진 듯한 기분을 나타내는 것을 볼 때도 있다.

누구든지 남보다 작거나 남의 아래 있는 것을 좋아하는 사람은 없을 것이다.

이런 것들이 순진한 어린아이 때부터 숨김없이 보여지는 것은 아닐까?

어쩌면 아이들은 아직 두려움이나 위험이나 고소공포증을 느끼는 감각이 미숙해서인지도 모른다.

하룻강아지 범 무서운 줄 모른다고 쬐끄만한 녀석들이 떨어지면 크게 다칠 수도 있는 곳엘 담력 훈련받는 특수부대 요원처럼 막 올라간다. 아찔한 담벼락이나 높은 축대 위에 올라가서 서커스 단원처럼 잘 노는 아이들도 종종 볼 수 있다.

그런 아이들의 심리 때문인지 요즘 아이들 놀이터를 보면 올라가는 놀이기구들이 많이 있는데, 그게 좋은 건지는 생각해볼 문제다.

내가 아는 어느 집사님의 아이는 겨우 걸음마를 할 때 의자 타고 책상 타고 장롱 위까지 올라가서는 거기서 겁없이 시원하게 대변을 보는 여유까지 보였다는데, 아이들은 높은 데 올라가는 것에 겁내는 게 아니라 오히려 야릇한 흥미를 느끼는지도 모른다.

이런 것들이 커가면서 모험심으로 바뀌어 산악인 허영호 씨나 엄홍길 씨같이 끝없이 높고 험준한 곳을 죽을지 살지도 모르면서 이곳저곳 오르게 되는지도 모른다.

아니면 내려가는 어려움과 위험과 허무함과 결국엔 맥빠지는 인생의 하향길을 체험하며 실감해 보지 못해서일지도 모른다.

그렇지 않다면 내려올 것이 두렵고 걱정되어서라도 그리 쉽게 올라가려 하지 않을 텐데 말이다.

나는 아이들이 보여주는 본능적이고 순진한 상태의 의문점을 원죄로 인한 모습에서 찾아보았다.

인류를 망하게 하고 그나마 잠시 머무는 인생의 삶마저 헛된 것을 쳐다보게 하는 뱀의 미혹이 얼마나 무섭고 교활했던가!

하와는 뱀의 유혹에 빠져 쳐다보아서도 안 될 선악과를 따먹었다. 먹으면 정녕 죽는데도 그것이 먹음직했고 보암직했고 지혜롭게 할 만큼 탐스럽게 여겨졌던 것이다.

이것이 범죄 이후의 인간들의 본성이 되고 욕망이 된 것이다. 거기다가 사탄은 지금도 그 헛된 욕망의 본성을 부채질하고 있다.

자꾸만 위를 쳐다보게 하고 높아져야겠다는 욕망을

충동질시키고 끝없이 오르게 한다. 어디든지 무엇이든지 오를 것을 찾고 그것이 때론 위험하든지 경쟁자가 많든지 떨어지고 다치는 일이 있어도 오르려 한다. 하나님에게까지라도 올라 보겠다는 바벨탑 후손답게 말이다.

누군가 먼저 올라가 있어도 서로 밀치며 쟁투하며 올라가 그 자리에 서지만 금세 또 올라오는 자에 의해 밀려 떨어지고 마는 인생이 되었다.

권력의 자리를 보라. 얼마나 무섭고 치열한가!

거기에 오르려고 일생을 걸고 쟁투하며 필사적으로 매달리지만 떨어지는 아뜩함과 내려와야 하는 한순간은 그야말로 인생무상이다!

그러나 죽어서 욕망이 없어지지 않는 한 인생은 또 올라가지 않을 수 없다.

이런 인생의 상태를 숨김없이 그대로 보여주는 천진난만한 아이들에게서 우리는 그 본성의 모습을 본다.

아이들은 높은 데로 왜 올라가는지도 모른 채 올라가려고만 한다. 몸의 균형도 제대로 못 잡으면서 발도 헛디디면서 맹목적으로 그냥 올라가고자 매달리며 안간힘 쓰는 아이들의 모습 속에서 사탄에 의해 미혹받고 충동질받는 헛된 욕망의 본성이 우리 인생에 있는 것을 볼 수 있다.

예수님은 서로 자신이 높다고 다투는 어린아이 같은 제자들에게 이방인들은 집권자가 되려 하고 남을 임의로

주관하고 권세를 부리는 자가 되려 한다고 말씀하셨다. 죄인 된 세상 모든 인간들의 중심 목표가 높은 데 올라앉으려는 것에 있음을 일깨워 주는 내용이다.

예수님은 하나님 나라에 속한 제자들에게 영원한 하나님 나라의 크고 으뜸 된 모습과 참 가치 있는 삶을 말씀해 주셨다. 그것은 반대로 낮아지는 것이었고 종 된 입장에서 섬기는 것이라고 하셨다. 그러시면서 먼저 섬기러 오신 삶의 본을 보이셨다.

그럼에도 불구하고 오늘날 우리는 하나님 나라에 속한 그리스도의 교회 된 자이면서도 서로 높아지려 하고 있다. 본을 보여야 할 자들이 오히려 서로 크고 높다며 외형적인 것을 가지고 키재기를 하고 있다. 아이들처럼 부끄러운 줄도 모르고 내가 더 크고 높지, 하며 서로 으쓱거리며 자랑질하고 있다.

높은 데 올라가기를 좋아하는 아이들의 모습 속에 더 무섭고 간사하고 냉정하며 남을 짓밟고 오르려는 욕망으로 커진 어른 된 우리의 모습이 있다.

우리의 과거가 있고 원죄로 인한 본성이 있고 오르기만 하려는 허망한 욕망의 인생이 그대로 거울처럼 보여지고 있는 것이다.

또한 어린애 같은 한심한 어른의 모습이 있다.

하나님을 두려워할 줄 모르고 하나님의 주권의 자리까지 올라보겠다는 어리석은 인간들의 교만함이 있다.

나는 가끔씩 "아이들은 왜 저렇게 위험한 줄도 모르고 높은 데 올라가기를 좋아할까요?" 하며 걱정스러운 듯이 말하는 어른들에게 "그것이 순진한 아이들의 본 모습입니다. 그런 본성을 가지고 우리 인생이 태어남을 그대로 보여주는 것이지요. 어른들 중에도 높은 데 올라가고 높은 자리에 앉기를 무턱대고 좋아하는 어린아이 같은 사람들이 많은 것을 볼 때는 더 걱정스럽죠!"라고 웃으며 말해준다.

어린아이들은 왜 높은 데 올라가기를 좋아할까?

높은 곳에 오르려고만 하다가는 결국 떨어지는 줄 모르고 그저 높은 데 오르기만 하려는 인생을 숨김없이 그대로 보여주기 위해서이다.

높은 데 올라가면 마냥 좋은 것 같고 날아갈 것만 같지만 결국 꿈 속의 인생임을 아이들의 숨김없는 본능적 행동을 통해 보여주려 하는 것이다.

무엇보다 높아지는 자는 낮아지고 낮아지는 자는 높아진다는 진리를 모르고 사람들에게서만 인정받고 높아지려 하는 어리석은 신앙인들을 교훈하고자 하는 것이다.

아이들은 순진하고 때 묻지 않은 거울이 되어 그저 크고 높아지고자 하는 헛된 욕망을 가진 인생들을 그대로 비춰 보여주려 하는 섭리 안에 있는 것이다.

아기들은 왜 팔을 '만세' 부르듯 하고 자는 걸까?

아기들의 모습은 그저 이쁘기만 하다. 근래에 보기 드물게 생명을 생명의 주관자에게 맡기고 열 번째 아기를 낳은 어떤 대단한 엄마의 고백에 의하면 아기의 모든 것이 다 귀엽고 우는 것도 변을 누는 것도 이쁘다고 했다.

나는 그동안 그저 이쁘기만 한 것 같은 아기들의 모습 속에서 인생이 어떤 상태로 흘러왔는지 그 이면을 엿보았고, 죄인 된 인생의 숨어 있는 본 모습을 순진한 아기들의 모습을 통해 그 단면이나마 볼 수 있었다.

그래서 「아기는 왜 태어나자마자 우는 걸까?」라는 제목으로 글을 발표할 수 있었고 또한 「아이들은 왜 높은 데 올라가기를 좋아할까?」라는 제목의 글을 내 딴에는 그럴싸한 느낌으로 써 볼 수 있었던 것 같다.

그렇다고 나는 아동심리나 유아교육 전문가는 아니고, 아기들을 잘 아는 소아과 전문의는 더더욱 아니다. 특별히 그런 것에 관심을 갖고 언제나 세심히 살펴서 논문을 써보려는 자 또한 아니다. 나는 그저 2남 2녀의 아버지로서 아이들을 키워가면서 아이들의 같은 모습과 같은 행동에 신비함과 의문을 가지며 내 나름대로의 생각과 판단을 피력해본 것이다.

이번에는 '아기들은 왜 팔을 '만세' 부르듯 하고 자는 걸까?'에 대해 생각한 것을 얘기하고자 하는데 그렇다고 아기편 시리즈를 내는 것은 아니다. 나는 그저 아기들의 이 모습이 왠지 신비롭고 매우 궁금했을 뿐이다.

아기들이 두 팔을 '만세' 하는 것처럼 위로 들고 자는 것을 보았는가? 아기들은 신기하게도 잠을 잘 때 양팔을 위로 벌리고 잠을 잔다. 나는 그런 똑같은 모습을 우리 아이들이 아기일 때 보았고 또한 다른 아기들에게서도 확인할 수 있었다. 우리 큰아들 녀석이 그랬고, 늦둥이 또한 분명 그렇게 잤다. 물론 중간 녀석들도 아기 때 그랬고 다른 집 여러 아기들도 그렇게 팔을 반쯤 위로 벌리고 '만세' 하는 자세로 자는 것이었다.

어떻게 아기들은 한결같이 그렇게 자는 걸까? 그런 자세의 잠자리가 편해서일까? 그래서 나도 그렇게 한번 자보기로 했다. 가능하면 아기들의 자는 모습과 똑같은 자세를 취한 후 잠들어 보려 했지만 그것은 부자연스럽고 불편한 자세였다.

그렇게 자 본 지 오래되었으니 당연히 불편할 수밖에 없는 것일까? 그런 자세가 편하다면 많은 사람들이 그런 자세로 계속 잠을 잘 것이다. 그러나 신기한 것은 아기 때가 지나 커가면서 팔을 위로 벌리고 자던 자세는 사라진다는 것이다. 아이들을 키우면서 관찰해 보니 분명히 그랬다.

그렇다면 아기들은 불편하지만 잘 움직이지 못하니까 맘대로 움직일 수 있을 때까지 어쩔 수 없이 그런 자세로 자는 걸까? 하지만 가족을 알아보고 구르고 엎드려 기고 한두 발자국씩 뗄 정도로 제법 잘 움직일 때가 되어도 그런 자세로 잠자는 것을 보면 그 이유도 아닌 것 같다.

그렇다면 왜일까? 나는 아기들이 거의 모두가 그렇게 자는 것을 확인하면서 왠지 의문이 생겼고 자꾸만 관심이 가졌다. 할 일 없는 사람처럼 별것을 다 관심 갖고 이상히 여긴다고 누가 나무랄지도 모르지만 나는 큰녀석에 비해 16년이나 아래인 늦둥이를 선물로 받고 새삼스런 기분으로 키우다 보니 아기들이 '만세' 하는 자세로 자는 것을 좀 더 절실하게 생각하게 되었고 또한 심방을 다니면서 똑같은 모습으로 새근새근 잠자는 아기들을 보면서 신비한 감이 더욱 차올랐고 의문은 다시 작용되었다.

어떻게 아기들은 약속이라도 한 듯 똑같은 모습으로 잠을 자는 걸까? 엄마 뱃속에서 10개월 동안 오금 한번 못 펴고 웅크리고 있었던 몸을 태어나면서 쭈욱 펼 수 있게 되자 얼마간 계속 그것을 만끽하는 모습에서일까? 그럴지도 모른다. 10개월 동안 웅크리고 있는 것은 아기에게 너무 힘들고 고달픈 기간이 아닌가? 이제 우리는 하루도 그렇게 못 있으리라…. 그래서 맘껏 펴고 자는 걸까? 아니면 아늑한 엄마 뱃속에서 떨어지고 내팽개쳐진 듯한 허탈함의 표현이고 몸짓인가?

나는 좀 더 의미심장한 요인이 있을 것이라고 생각되었다. 그것은 '아기는 왜 태어나자마자 우는 걸까?'에서 생각했던 것처럼 어떤 배움도 훈련도 혹은 다른 사람의 의도로 인한 몸짓이나 자세, 태도도 없는 어린 아기들의 공통적인 모습에는 반드시 깊은 계시적 의미가 있을 것이라는 강한 믿음 때문이다. 생명의 원천 되시는 조물주께서 태중에서 그들의 장부를 신묘막측하게 조직하여 내보내시면서 꾸밈 없는 순진한 아기들의 같은 모습과 몸짓을 통해 간접적인 무언의 계시를 형용해주시는 것이라는 판단이다. 그의 창조하신 모든 것이 그를 나타내고 보여주시는 것처럼 사람에게는 더할 것이리라…. 더욱이 순진무구한 아기들 모습에는 인생의 근원과 몰랐던 원리나 의문이 숨겨져 있는 것이다.

그렇다. 누가 아기들을 그런 모습으로 똑같이 행동하게 할 수 있겠는가? 태어날 때 아기를 제일 먼저 만지는 산부인과 의사가 그렇게 유도할 수 있는가? 젖 빨리며 옆에서 자는 엄마가 그런 자세를 만들고 시킬 수 있는가? 그들의 요람이 그런 자세를 만드는 틀이라도 되어서인가? 아기들끼리 울음소리를 통해 단결이라도 했단 말인가?

아기들에게 누가 그렇게 자라고 조장할 수도 도울 수도, 더 나아가 강제로 그렇게 시킬 수는 없다. 아기들의 엄마가, 온 가족이, 전 세계적으로 함께 공감대를 가지고 운동하고 동시에 실시할 수도 없는 일이다.

그런데 어떻게 아기들은 똑같이 팔을 '만세' 부르는 것처럼 위로 하고 자는 걸까?

그렇다. 그들의 모습은 꾸밈 없는 인생의 거울이다. 인생의 중요한, 우리가 찾아보아야 할 본연의 모습이 아기들의 순수한 모습을 통해 연출되고 있는 것이다.

아기들은 빈손으로 온 인생을 그렇듯 팔 벌리고 자는 모습을 통해 보여준다. 모태에서 적신이 나왔사온즉 또한 적신으로 돌아가리라는 욥의 증거를 꾸밈없이 연출해 보여주는 것이다. 들풀꽃과 같은 헛되고 허무한 인생의 실체를 모르거나 잊고 살아가는 어른들에게 동일한 몸짓이나 모습으로 나타내주는 것이다.

예전에 철학을 한 유명한 인생 선배가 제자들에게, 내가 죽으면 관 양쪽에 구멍을 뚫어 내 팔을 그리로 내놓게 하고서 메고 가라 시켰다고 한다. 그리고 누군가 물어보거든 사람은 빈손으로 왔다가 이렇게 빈손으로 간다고 일러

주라 했다던 얘기가 기억난다.

그래도 우리는 무엇을 가지고 갈 것처럼 악착같이 무섭게 살고 있다. 빈손으로 왔다가 빈손으로 가는 인생이니 지금 주어진 것이 있다면 만족할 줄 알아야 할 텐데 끝없는 욕심에 죄를 잉태하며 살아가고자 한다.

빈손의 모습으로 팔 벌리고 자는 아기 때, 겨우 그때만 욕심 없이 사는 기간이 된 것이다. 그것을 아기들은 더불어 보여주는 것이다. 그렇게 그들은 아직 욕심 없는 순진한 모습을 보여준다. 엄마 하나로 그저 족한 아기의 모습을 그렇게 표현해 보이는 것이다.

그리고 점점 커가면서 팔 벌린 몸짓은 수그러들고, 묘하게도 팔을 가슴 쪽으로 오므리고 자는 모습으로 변화되어 갈 때, 그때부터 자꾸 움키려 하는 욕심을 가진 아이로 청년으로 어른으로 살아가는 인생이 되는 것이다. 욕심과 함께 커가는 인생의 모습을 보이게 되는 것이다.

아! 나는 감히 이런 것을 본 것이다. 아기의 모습에서 인생을 보고, 아직 욕망과 힘겹게 씨름하며 잠잘 때에도 이리저리 뒤척이는 내 모습을 발견한 것이다.

가깝고도 먼 곳에 있는 해돋이

붉게 떠오르는 일출 광경은 그야말로 감탄적이다. 붉게 노을 지며 넘어가는 일몰의 광경도 역시 감동적이다. 그러나 사람들은 일출 광경을 더 보고 싶어 하는 것 같다.

일출은 떠오르는 찬란함이 있어서일까?

이제 막 밝게 열어주는 소망이 있고 기대가 있기 때문일까?

일출은 어스레한 어둠의 장막을 젖혀내며 밤새 닫혀 있던 커튼을 젖히고 창문을 활짝 열게 한다. 뿐만 아니라 일출은 만물을 일깨우며 생동하게 한다. 많은 사람들의 지난밤 뒤숭숭했던 잠자리를 개켜내게 하고 하루를 열며 또 희망찬 새해를 열어준다.

그래서인지 수많은 사람들이 해돋이를 보러 떠난다. 이름난 명소로 몰려간다.

지난 연말연초에 해돋이맞이 인파들이 일출을 보러 정동진에 엄청나게 많이 몰렸다는 보도가 있었다. 수많은 차량이 그곳에 가지도 못하고 길이 막혀 도중에 새해를 보내고 있다는 소식도 들려왔다.

정동진은 그런 인파로 언제나 북적인다고 한다. 나도 그곳을 지나다가 잠시 들러본 적이 있었는데, 그곳은 경복궁에서 정동쪽이라는 곳으로 이름 붙여져서 명소가 된 것이 아니라 TV 인기드라마에서 한 여주인공이 정동진역 홈에 서서 잠시 촬영했다는 것으로 인해 명소가 됐다는 사실이 마음에 걸렸다.

유명세를 타면서 수많은 숙박시설, 오락시설, 음식점 등이 빼곡히 들어서고, 수많은 사람들이 해돋이를 보기 위해 몰려드는 것을 보며 대중매체의 위력을 슬프게도 실감하지 않을 수 없었다.

그런 곳에 가서 일출을 보아야만 직성이 풀리고 희망찬 새해가 시작되고 인생 살아갈 만한 기분이 드는지 모르겠지만 더 놀라운 사실은, 1999년 초인데 벌써 2000년 새해맞이 해돋이를 보기 위해 동해 쪽 명소에는 호텔 객실 예약문의가 쇄도하고 있고 부산 해운대의 특급호텔 같은 경우는 객실이 거의 다 예약됐다는 일간지 보도였다.

그만큼 이제는 여유와 멋들인 삶을 사는 형편이 되어서인지, 아니면 그런 명소에서 일출을 보는 것이 그렇게도 중요하고 굉장한 것인지, 그래야 새해가 보람차게 열리고 새로운 세기를 누구보다 일찍 맞는 특별한 기분이 드는 건지, 아니면 그런 곳에서 해돋이를 보는 것이 인생에 큰 의미가 있는 것인지…. 어쩌면 막연하고도 불확실한 현실

속에 사는 인간들 중심에는 오늘도 해가 뜨는구나 하는 확인이 필요한지도 모르겠다. 빛 없이는 살 수 없는 인생들의 어두운 본연에 빛을 소원하는 또 하나의 본연이 작용되어서인지도 모른다. 아니면 예부터 해를 숭배해오던 인간들의 어리석음이 황혼의 시대가 되었는데도 지지 않고 자꾸 떠오르기 때문인지도 모른다.

떠오르는 새해 일출을 보며 소원을 빈다는 무리들이 그렇게 모여들어, 빛을 지으신 창조주는 뒤로한 채 소경 되어 숙연히 일출 앞에 서 있음이 화면에 보였다. 저들 중에 교인들도 있을까?

에스겔이 증거한 유다 말기를 보면, 성전에 들어갈 수 있는 거룩한 직분을 가진 자들이 여호와의 전 문 앞 현관과 제단 사이에서 여호와의 전을 등지고 낯을 동쪽으로 향하여 동방태양에 경배했다고 했다. 이것은 하나님을 격노케 하는 가증한 일이었다. 우리도 해돋이를 보기 위해 명소를 찾아 예약까지 하고, 만사 제쳐놓고 그리로 달려갈 정도라면 그 마음에는 참빛이 떠오르지 않을 것이다.

얼마 전 나는 아이들의 겨울방학을 이용하여 경남 고성에 있는 한 시골 교회를 방문하기로 했다.

긴 겨울밤이 아직 채 가시지 않은 어슴푸레한 길을, 나는 아이들을 깨워 차에 태우고 서둘러 나섰다. 서울의 하늘이 동쪽으로부터 점점 선명해질 무렵 우리는 동부간선도로를 따라 용비교 방향으로 내려가다가 성수대교

쪽으로 비스듬히 올라가는 좌회전길을 막 올라섰는데, 그때 우리 가족은 합창이라도 하듯 탄성을 지르고 말았다. 우리들 눈에 다름 아닌 아름다운 일출 광경이 들어온 것이었다. 동쪽 올림픽대교 방향 강 건너 강동구 쪽 멀리 어느 이름 모를 산머리에서 이제 막 해돋이가 시작되고 있는 것이 아닌가. 그것은 마치 대장간 쇠풀무불에서 금방 붉게 달구어져 올려진 둥근 쇳덩이 같은 것이었는데, 붉은빛을 발하며 막 올라오고 있었다. 고요히 흐르는 한강이 그 빛을 받아 어우러져 한층 더 일출 광경을 아름답게 했다.

"아빠, 해뜨는 걸 보러 멀리까지 고생하며 갈 필요가 없겠어요. 서울에도 이렇게 멋있게 해가 뜨고 있어요!"

이제 막 초등학교 6학년으로 올라가는 우리 큰아들 녀석의 제법 그럴싸한 감탄사였다.

"그래, 네 말이 맞아. 일출은 어디든 있는 거야. 그러나 사람들은 일상생활에서는 그것을 보지 못하고 일부러 명소에 찾아가서 일출을 감상해야 되는 것처럼 여긴단다."

아들 녀석의 감탄에 대한 나의 대답이다.

해는 어디든 뜨니까 일출 광경도 어디든 있는 것이다. 희뿌옇고 삭막한 이 도시 서울에도 이렇게 해는 뜨고, 강물인지 시궁창 물인지 가보아도 분간할 수 없는 혼탁한 한강 위에도 일출은 빛나고 있고, 어릴 적 내 고향 시꺼먼 탄광촌 산동네에도 분명 해는 떴었다. 그뿐인가, 내전과 혼란으로 기아에 허덕이는 아프리카 난민촌에도, 굶주리는 동포가 있지만 갈 수 없는 저 북녘 땅에도 일출은 있다. 심지어 높은 쇠창살 담으로 자유를 억제받는 교도소에도 어김없이 해는 동쪽에서 떠오를 것이다. 하다못해 쥐구멍에도 볕들 날이 있다고 하지 않았던가?

하나님은 악인이든 선인이든 똑같이 해를 비쳐 주신다고 예수님은 말씀하셨다. 그러니 세상 어디서나 누구든지 살아 있고 봉사가 아닌 한 해 뜨는 것을 볼 수 있는 것이다.

그러나 그 빛의 은택을 알고 감사하며 사는 사람은 그리 흔치 않다. 또한 해가 뜨지 않고 햇빛이 비치지 않으면 살 수 없는 존재들이면서도 그 빛을 그리 좋아하지 않는 자들도 많다. 오히려 어둠을, 밤을, 그런 음침한 것들을 더 원하고 있는 바뀌어진 세상이랄까?

자꾸만 밤의 문화가 꽃피는 시대가 되었다. 그런데 공교롭게도 해돋이를 보러 가는 인파들은 왜 더 많아지는 것인지 내게는 의문이다.

그러고 보니 명소에서 해돋이를 보려고 그렇게 며칠, 몇 달 전부터 미리 예약하고 수백 리씩 경쟁하듯 차를 몰고 멀리까지 찾아가 떠오르는 일출의 광경에 감탄한다고 해서 그 빛의 소중함을 아는 것은 아니었다. 또한 일출의 그 경이로움을 보면서도 그것을 지으시고 존재하도록 섭리

하시는 하나님을 알고 감사하는 것도 아니다. 또한 찬란한 아침 햇살을 받으면서도 지난 밤 생활을 부끄러워하지 않는 것 같다. 또한 남달리 새해의 해돋이를 멀리까지 가서 보았다고 인생의 의미를 더 찾거나 새롭게 빛 된 생활을 추구하는 것도 아닌 것이다. 그저 기분일 뿐이다. 돌고 도는 대로 즐기자는 류다. 헛된 맹신도 있다.

그렇다면 오히려 지난 밤새 우리들로 인해 버려진 인격이나 양심같이 널린 쓰레기들이 점점 밝아지는 햇빛 아래 부끄럽게 노출되기 전에 치워주며 날마다 일찍 일출을 보는 환경미화원들의 삶이 더 인간적이지 않은가?

어디서나 날마다 아침해를 보며 일찍 일어나고 살아 있음을 느끼며 감사하고 오늘은 어떻게 살까 묵상할 수 있는 그런 사람에게 일출은 언제나 새로움을 줄 것이다.

그러나 예수님께서 “나는 생명의 빛이니 나를 따르는 자는 어두움에 다니지 아니하고 생명의 빛을 얻으리라” 하셨으니, 이 생명의 빛을 보며 어두움의 삶에서 빛 된 삶으로 돌아가는 삶을 사는 사람이 위대하고 영원하리라.

나는 운전대를 두 손으로 더욱 부여잡고 일출 광경이 정면으로 보여지는 동서울 톨게이트 방향으로 차를 몰며 가족들에게 열심히 얘기했다.

“그래, 우리는 여기서도 일출을 발견할 수 있어 좋고 그것을 지으신 하나님을 바라보는 소망을 가졌으니 감사한 거야! 우리는 하나님의 영광이 비치고 어린양이 등이 되심으로 해와 달의 비침이 쓸데없는 영원한 나라를 소망하며 사는 자가 된 것이야. 아침이 오든 밤이 오든 영원한 빛의 자녀 됨으로 돌아감에 있는 자는 해돋이를 기대하지 않고 살아가는 것이지. 왜냐하면 우리를 영원히 회복시키는 의로운 해가 우리들 중심에서 항상 떠오르기 때문이야."

그렇다. 동해 일출을 보는 사람은 기분과 꿈속에서 장래만 보며 사는 사람이고, 어디서나 일출을 보는 사람은 내일 일을 알 수 없지만 기대하면서 오늘에 충실히 사는 사람이다. 그러나 떠오르는 의로운 해를 보는 사람은 영원한 삶을 바라보는 사람인 것이다. 그러고 보니 해돋이는 가깝고도 먼 곳에 있지만 생명의 빛은 새로운 피조물 된 자의 심령 속에 있다.

좁은 땅, 좁은 마음들

어느 교회 교육전도사로 있었을 때의 얘기다. 편지 답장을 빨리 써야 하는데 쓰기가 매우 난처했던 적이 있었다. 나는 이 일로 한참이나 고민하며 망설이다가 결국 답장을 썼지만…. 그때 군대에 있던 그 후배는 이제나저제나 내 편지 답장을 학수고대했었으리라.

나도 군대생활을 해봤지만 특별히 기다리는 답장이었으니, 목 빠지는 일이었을 것이다. 그때 그 후배는 이제 학부모가 되어 오래된 일로 까맣게 잊었는지 모르겠지만…. 요즘도 변함없이 우리 주변에서 나를 가슴 아프게 하고 실망케 하는 일이요 지속되는 현실 문제와 연관되어 있기 때문에, 나로서는 그때 답장 쓰기가 매우 난처했던 일을 도저히 잊을 수가 없다.

우리나라 지방색, 지역감정은 마치 원수가 된 집안이 대를 이어가며 갈등하는 것처럼 너무 지나친 것 같다. 어떤 정치인에 의하면 그것은 망국병이라 했던가! 자신도 그런 연관성을 떨쳐 버리지 못하면서 말이다. 과연 그것이 망국병인가!

그럴 수도 있겠지….

나는 그것을 좁은 땅, 좁은 마음들의 한심한 현상이라고 여겼다. 더욱 큰 문제는 교계 안에도 그러하고 교회에서도 그러한 것이다.

기독교신문에 '○○지역목회자 모임'이 있다는 광고가 버젓이 실리고, 교단이나 교계연합회 회장 선거를 할 때면 서로 드러내놓고 지역을 따져 끼리끼리 뭉쳐서 자기 지역 사람을 밀어주는 운동을 하기도 한다.

교회 안에서는 지연 쪽으로 더 친하고 그렇게 몰려 다니기도 한다.

"너희는 유대인이나 헬라인이나 종이나 자주자나 남자나 여자 없이 다 그리스도 예수 안에서 하나이니라"(갈 3:28)는 말씀이 무색하다.

그리스도 안에서 한몸 된 교회의 모습은 없고 교회 관계들이 전혀 통하지 않는 세상 모습이 그대로 나타나고 있는 것이다. 그런 우리들은 서로를 잘 알아서인지, "밴댕이 소갈딱지 같은 놈!"이라는 말들을 잘 쓰고 있다.

속 좁고 답답한 자들을 향해서 날리는 말 아닌가!

나는 밴댕이라는 고기가 강에서만 서식하는 줄 알았다. 남한강 상류에 살았던 나는 우리가 칭했던 밴댕이라는 고기를 잘 안다. 작은 붕어새끼같이 생겼지만 붕어보다 납작하고 색깔은 어항 속 열대어 못지않게 예쁜 것들이 많았는데 정말 그 고기는 속내장이 아주 작았다. 그 고기의 정식 명칭은 칼납자루, 묵납자루 등이었다. 우리들은 그

명칭은 잘 몰랐고 그저 밴댕이라 불렀다.

당시 우리들은 그 속 좁은 밴댕이를 재수 없는 놈으로 여겼다. 왜냐하면 그 속 좁은 밴댕이 놈은 낚시 미끼 따먹는 선수였고, 잡혀야 할 고기는 안 잡히는데 먹을 것도 없는 작고 납작한 놈이 안 끼는 데 없이 잡혀들었기 때문이다. 우리는 그놈을 즉시 살려 주든가 아니면 강바닥에 내동댕이쳐 버렸다. 잡은 고기들의 배를 따다가도(배를 갈라 내장을 씻어내는 일) 그 밴댕이가 나오면 여지없이 퇴출당해야 했다. 그놈이 들어가면 매운탕 맛이 써진다고들 했다.

나중에 안 일이지만 우리가 불렀던 밴댕이는 강고기 납자루가 아니라 바다고기였다.

어쨌든 우리가 알고 있던 납자루라는 강고기로서 밴댕이나 바다고기로서 밴댕이나 소갈딱지가 좁은 것은 마찬가지였다.

그 후배와 나는 청년시절 한 교회에서 만나 서로 마음을 터놓고 주 안에서 형제처럼 지냈었다. 그러다 그 후배는 군에 입대했고 나는 다른 교회 교육전도사로 갔었다.

계속 편지로 연락을 하던 중에 그 후배의 부탁도 있고 해서 교회의 여자 청년을 소개해 주었다. 그 여자 청년은 내가 있던 교회의 목사님 딸로 주일학교 교사로서 맡은 일을 충실히 잘 해내는 예쁘장하고 참한 아가씨였다. 나는 그녀에게 그 후배를 간단히 소개했다.

"김 선생, 내가 잘 알고 인정할 수 있는 성실하고 괜찮은 후배 청년이 하나 있는데 지금 군인이거든. 어때, 한번 서로 편지하면서 사귀어 볼래?"

김 선생은 나를 믿어서인지 쾌히 승낙했고, 서로 편지 왕래를 하며 사귀게 되었던 것이다. 그리고 몇 개월이 지났을 때였다. 그렇게 잘 진행되고 있는 줄 알았는데 그 후배로부터 긴급한 답장을 요하는 편지가 날아왔다.

내용인즉 김 선생으로부터 갑자기 편지가 끊어졌다는 것이었다. 그동안 아무런 일 없이 잘 오갔는데 웬일인지 계속 편지를 해도 소식이 없어 매우 궁금하니 형이 좀 알아보고 답장을 속히 해달라는 것이었다.

나는 즉시 교회에서 언제나 볼 수 있는 김 선생을 불러 그 이유를 물었다.

"아니, 이 상병이 답장이 안 온다고 궁금해하던데 어찌된 일이야? 이 상병이 어떤 실수라도 했나? 아니면 마음 상하는 말이라도 했나? 좀 사귀어 보니 별로 맘에 들지 않은 거야?"

김 선생은 대답을 꺼리면서 그런 것은 아니라고 했다. 그러면서 답변하기를 매우 꺼려하는 눈치였다. 내가 계속 이유를 캐묻자 김 선생은 매우 난처해하면서 입을 열었다. 그 얘기인즉 이랬다.

그 후배가 한번은 편지에다 자기 고향이 아래쪽이라고 소개했는데, 그것이 그녀의 아버지인 목사님에게 알려져 질색을 하신다는 것이었다. 그 아래쪽 사람들한테 질렸고 데었다면서 아예 애초부터 끊으라고 했다는 것이다.

그 말을 들은 나는 참으로 어이가 없었다. 어떻게 목사님이 그렇게 사람을 판단하고 자기 딸자식에게 절대 불가처럼 강조하는 걸까?

"거기는 헬라인과 유대인이나 할례당과 무할례당이나 야인이나 스구디아인이나 종이나 자유인이 분별이 있을 수 없나니 오직 그리스도는 만유시요 만유 안에 계시니라"(골 3:11)는 말씀과 상관없는 목회자들이 그러고 보니 꽤나 많은 것이 아닌가!

교회 된 모습을 모르는, 그래서 교회를 가르쳐서는 안 되는 지도자들이 교회를 인간관계의 기준으로 이간시키고 있는 것이다.

"어떤 지방이든 사람 나름이야! 그리고 상대적이지. 이 상병은 요즘 보기 드물게 괜찮은 청년이라구! 내가 함께 오래 지내보아서 알아. 날 믿고 걱정하지 말고 계속 잘 사귀어봐."

내가 좀 따지듯이 말하자 김 선생은 "아버지도 질색을 하시지만 저도 좀 꺼려져요."라고 했다.

나는 더 이상 할 말이 없었다. 답답함만이 가득 차 올랐다. 그나저나 그 녀석에게 답장할 일이 난감했다. 뭐라고 해야 할지…. 이제나저제나 학수고대할 것을 생각하면 속히 답장을 띄워야 하는데, 나는 이것 때문에 한참이나 고심했다. 그 녀석이 이런 사실을 알면 매우 실망할 것이라고 생각하니 괜히 소개했구나 하는 후회가 막심했다.

나는 고민 끝에 그래도 사실대로 얘기해 주어야겠다고 마음을 굳히고 답장을 썼다.

"이 상병, 너의 고향이 알려진 것이 편지가 끊어지게 된 요인이야! 네가 아래쪽 사람이라는 걸 부모들이 알고 극구 반대하는가 봐. 내가 김 선생한테 사람 나름이라고 잘 얘기했지만 어떻게 잘 안될 것 같아! 더 이상 답장은 기대하지 마라. 내가 볼 땐 서로 괜찮은 사람들로 잘 맞을 것 같아 사귀어 보라고 했는데 결국 널 실망케 했구나! 나도 마음이 아프다. 어떡하니, 우리 그저 이 좁은 땅, 좁은 마음들을 위해 더욱이 교회 됨이 안 되는 모두를 위해 기도하자꾸나…."

그 이후 그 후배는 그 일에 관해서는 입을 다물고 말았다. 실망과 상처가 매우 컸었으리라….

지금 그 후배는 경기도 어느 교회 장로로, 나는 서울에서 목회자로 각자 교회를 섬기면서 우리만이라도 하나님 나라의 화평을 위해 살자고 무언으로 소통하고 있다. 평안의 매는 줄로 성령의 하나되게 하신 것을 힘써 지키라는 말씀을 따라 관계해야 함을 우리는 슬픈 마음으로 알아가고 있는 것이다.

영동바람

영동지방에서 부는 바람 중에 '높새바람'이라는 것이 있다. 봄철에 영동지방에서 태백산맥을 넘어 영서지방으로 부는 바람을 높새바람이라 한다. 원래 높새바람이란 북쪽에서 불어오는 바람을 지칭하는 순우리말인 '높바람'과 동쪽에서 불어오는 바람을 지칭하는 순우리말인 '샛바람'의 합성어로 북동풍이라는 의미를 가지고 있다.

영동지방을 다녀본 사람들은 영동바람의 거셈을 몇 번씩 실감했으리라 본다. 특히 높새바람이 부는 봄철에는 이 거센 바람으로 인해 산불이 날 경우 진화에 매우 어려움을 겪는다. 바람을 타고 자꾸 번져가는 산불의 실황을 해마다 한두 차례 보는, 시청자들의 마음을 졸이게 하는 그 냉혹한 바람이 높새바람이다.

영동지방에서 부는 바람은 겨울철에도 매섭다. 요 근래 나와 집사람은 양양을 거의 일주일에 한 번씩 다녀오곤 했는데 갈 때마다 바람이 우리 승합차를 제멋대로 밀어버리려 한다는 것을 느낀다.

"여보! 내 의지와는 상관없이 차가 이리저리 쏠려요."
운전하던 집사람이 매우 겁먹은 표정으로 말한다.
"운전대 꽉 잡고 천천히 가."
나는 그렇게 말했지만 은근히 걱정이 되었다. 그럴 때 보면 우리가 탄 승합차가 마치 졸음운전 차량처럼 방향을 못 잡고 이리저리 쏠리는 느낌이 완연하다.
"아따, 바람 세네! 저 파도 좀 봐!"
나는 조수석에 앉아서 잔뜩 긴장하고 주변을 살핀다.
그때 바다를 보면 파도가 높게 이는 걸 볼 수 있다. 허연 게거품을 물고 흰 이빨을 드러내고 무섭게 달려든다. 뭐든지 얼쩡거리거나 앞에 버티고 있는 것은 그대로 삼킬 듯이 쳐올라 밀려온다.
그러던 즈음, 선배인 박 목사님에게서 전화가 왔다.
"황 목사! 25일, 26일에 시간 있어?"
"왜요? 그때 양양으로 심방 가야 하는데…."
"웬 심방을 양양까지…."
우리가 근래 거의 매주마다 한 번씩 양양에 가는 것은 거기에 사는, 누님을 통해 전도된 조선족 출신 요양사 때문이다. 그분은 우리 교회에 두어 번 오셨고 앞으로 우리 교회에 다닐 거라며 물심양면으로 힘쓰시는 분인데 그분의 남편이 매우 중한 병에 걸려서 심방을 가는 거였다.
"어, 그러면 됐네. 월요일에 같이 갑시다. 내가 속초에 콘도를 예약해 놨으니 김 목사님 내외분이랑 오랜만에 1박 2일로 바람도 쐬고 쉬기도 합시다."

양양 가는 이유를 들은 박 목사님이 그렇게 하자고 선뜻 제안해 왔다. 아니, 이미 그렇게 결정하고 전화하는 것이었다. 그렇게 해서 우리는 심방 겸 두 선배 목사님들 내외분과 바람도 쐴 겸 해서 날을 잡았다.

그러고 보니 그때 우리는 '영동바람'을 제대로 쐬러 간 셈이었다. 출발하던 그날은 서울도 아침기온이 영하 10도 이하로 떨어졌고 살을 에는 찬바람에 얼굴이 시렸다.

오후 1시 넘어서 우리는 속초에 도착했다. 영동바람이 우리를 억세게 반겨주었다. 미시령 터널을 빠져나오면서부터 우리를 몰아붙였다. 차문을 열고 내리기가 싫을 정도였다. 바람은 저녁이 되면서 더욱 강하게 불었다. 해가 떨어지면서 기온은 영하권으로 내려갔고 바람은 더욱 냉혹해졌다. 우리는 그날 밤 콘도 15층 숙소에서 무서운 바람소리를 들으며 즐거운 교제의 시간을 가졌다.

밤늦게서야 사모님들은 방으로 가고, 남자들은 거실에 자리를 폈다. 바람소리가 조용해진 실내로 쌩 소리를 내며 비집고 들어온다. 내가 "야, 이거 바람이 장난이 아니네." 하자, 옆에 누운 시인 김 목사님이 "황 목사, 대나무 숲에서 나는 바람소리를 들어보았나?" 하고 물었다.

"아니요."

"그렇겠지. 강원도 지방엔 강릉에서 나는 오죽 외에는 대나무 숲이 없으니까. 대나무 숲의 바람소리를 들어봐야 거기서 시가 나오지."

"대나무 숲의 바람소리는 어떤데요?"

내가 묻자 김 목사님은 "대나무 빗자루로 마당 쓰는 소리 같지."라고 하시며 대나무에 관한 얘기, 대나무 숲에 관한 이런저런 얘기를 시인의 감각과 언어로 들려주었다.

나는 전도사 시절 교회 교사 청년 몇 명과 하동 삼하리에 있는 삼하교회에 일주일간 여름성경학교를 해주러 간 적이 있었다. 그 교회 예배당 바로 옆에 대나무 숲이 있었다. 거기서 난생처음으로 대나무 숲속을 들어가 본 적이 있음을 문득 기억했다. 그때 바람소리는 없었다. 그저 곧고 곧은 대나무들만이 빼곡히 들어차 있고 그 숲 안쪽은 대낮인데도 어두컴컴했고 으스스했다. 옛날 대나무 숲에 호랑이가 산다는 얘기도 떠올랐고 빨치산들이 그 숲 깊이 숨어 지냈다는 얘기도 들었다.

나도 질세라 바람 얘기를 줄이어 꺼내들었다.

"목사님, 소나무 숲에 부는 솔바람소리를 들어보셨습니까? 참나무 숲에 부는 바람소리는 어떤지 모르시죠? 한겨울 꽁꽁 언 강 위로 불어오는 강바람을 한 번 맞아보셨나요? 그거 정말 냉동바람입니다. 얼굴과 코가 시리다 못해 감각이 없을 정도입니다."

우리는 어린 시절 겨울엔 주로 얼음 위에서 놀았다. 서서 타는 외날 썰매, 양날 앉은뱅이 썰매로 쌩쌩 부는 강바람 따라 씽씽 달렸다. 바람을 등졌을 때는 바람이 우리를 밀어주었지만 반대로 그 바람을 맞으며 탈 때는 바람과 힘겨운 사투를 벌일 때도 있었다. 바람이 세게 부는 날은 주로 각자가 만든 연을 가지고 날리며 놀았다.

"목사님, 저는요, 태풍을 제대로 맞아본 적이 있어요. 그땐 정말 날아가는 줄 알았습니다."

오래된 일이다. 인천에서 배 타고 2시간 반쯤 가면 유명한 섬 덕적도가 나온다. 거기서 내려 여객선이 들어오는 시간에 맞춰 나오는 작은 통통배를 타고 30분을 더 가면 문갑도라는 작은 섬이 나온다. 30호쯤 사는 마을이 바다 어귀로 옹기종기 모여 있고 그 섬 뒷산 쪽으로 10여분 올라가면 교회가 있다. 문갑도 장로교회. 그 섬으로 들어오면 눈에 가장 잘 띄도록 마을에서 제일 높은 곳에 위치한 교회다. 그 교회에 신학교 동기 목사가 목회를 하고 있어 벼르고 벼르다 한 번 가보게 되었다. 마침 그 목사는 인천에 볼일이 있어 나갔다가 내일 들어온다며 덕적도에서 만나 나는 그 목사가 타고 나온 마을 어선을 타고 문갑도로 들어가고 그 목사는 내가 타고 온 여객선을 타고 인천으로 나갔다. 그런데 다음 날 오전에 돌아온다던 그 목사로부터 태풍의 영향으로 배가 뜨지 못한다는 연락이 왔다. 나는 거기서 오도 가도 못하고 갇힌 신세가 되었다. 그리고 그날, 나는 공교롭게도 서해안을 타고 올라오는 태풍의 위력을 직접 체험한 것이다.

태풍이 직접 지나가던 그때는 밤이었다. 30평쯤 되는 예배당에서 혼자 자던 나는 그날 밤을 거의 꼬박 새웠다. 태풍은 예배당을 송두리째 날려 보낼 것 같았다. 실로 무섭고 요란했다. 태풍은 큰 휘파람 소리를 "휘익~ 휘익!" 내기도 했고 잉잉대며 울기도 했고 날카로운 채찍소리같이 쌩쌩거리기도 했다. 움직일 수 있는 물건들은 죄다 흔들어댔고 틈마다 비집고 들어오려고 난리법석이었다. 해안을 치는 파도소리가 철썩이 아니라 펑펑 울려왔다. 이 예배당을 날려보내야 직성이 풀려 끝날 것 같은 극도로 성난 태풍 속에 나는 혼자였다. 요나가 맞은 태풍이 이 정도였을까, 하는 생각이 문득 들었다. 나는 요나처럼 두렵고 떨리는 심정으로 예배당 구석 마룻바닥에 엎드려 하나님을 간절히 불렀다. 사실 나는 그때 너무 힘들게 하는 성도로 인해 목회에 갈등이 생기며, 휴식 겸 어떤 방도가 없을까 고민하던 중에 문갑도를 찾은 것이었다. 뭔가 제대로 걸려든 것 같은 생각이 들었다. 두려웠다. 회개도 되고 한없이 연약함을 느끼는 시간이었다.

잠깐 잠들었던가. 누군가가 예배당 문을 열고 들어오는 소리에 정신을 차리고 보니 그 교회 유일한, 예순이 넘으신 남자 집사님이 새벽 예배시간을 알리는 차임벨을 틀려고 오신 것이었다.

언제 그랬는지 태풍은 잔바람만 긴 꼬리로 남긴 채 종적을 감추었다. 적막이 신기하게 느껴졌다. 이윽고 예배당 안에 불이 켜지고 성도들이 인기척을 내며 새벽예배를 드리기 위해 들어왔다. 네 분의 할머니와 남자 집사님 한 분, 나는 그분들과 일주일을 보냈다. 태풍으로 인해 일주일 동안 붙잡혀 문갑도 교회에서 목회를 한 것이다.

지금 이 영동바람이 그때 태풍의 절반 정도 세기나 될까?

방안에서 두런두런 들리던 말소리도 잠잠해졌다. 코고는 소리가 들린다. 영동바람은 건물을 휘감으며 베란다 창문을 두드리는 등 휙휙대며 요란히 돌아다닌다.

잡목 속에 어정쩡하게 서 있는 떡갈나무 같은 내 주제에, 대나무 숲 그 안쪽에 깊게 박혀 높고 곧게 치솟은 대나무 같은 시인 김 목사님과 감히 바람소리 얘기로 대결한다고 떠들었던 것도 무겁게 감기는 잠 앞에는 두 손 들어 버렸다. 그래도 영동바람은 잠잘 생각을 않고 계속 콘도 건물을 쌩쌩 몰아붙이고 흔들어댔다.

다음 날도 영동바람은 여전했다. 바다구경 나간 우리를 쌀쌀맞게 대하니 얼른 차로 돌아와버렸다. 그 바람을 맞고 싶어 하는 사람은 아무도 없을 정도였다. 우리 일행은 속초 영랑호 옆에 홀로 높이 서 있는 영랑호 리조트 뷔페에 점심식사를 하러 올라갔다.

아직 12시, 식사시간이 안 되었다고 기다리란다. 출입구 앞 의자에 앉아 기다리는데 바로 앞 승강기 문이 열리더니 사람들이 나왔다. 어? 이게 누구야. 낯익은 분들이 아닌가! 그런데 그 순간 왜 이리 썰렁한 공기가 흐르는 걸까?

몇 달 전만 해도 같은 노회 소속으로 2,30년씩 함께 지내오던 목회자들이었는데, 늘 만나도 반갑고 좋았는데, 이게 웬일인가! 서로 서먹해하고 있었다. 뭔가 어색하고 기분 내키지 않는 만남을 얼떨결에 하게 된 표정들이다. 영동지방에 내려와 쌀쌀맞은 영동바람에 바람든 무처럼 속들이 어떻게들 되어서인가?

지난해 9월 총회부터 우리 교단에는 통합의 바람이 불었다. 그 대세의 바람 따라 쓸려간 자들과 쓸려가지 않고 뭔가 지키겠다고 버틴 자들로 교단은 나뉘어졌다. 갈등과 마찰이 심했다. 우리 노회도 갈라졌다. 그 바람에 의해 오래 함께했던 동기나 동역자들이 생이별하듯 떨어지고 서로 어색해지고 심지어는 서로 등지게 되었다. 그런데 오늘 여기서 만난 것이다. 지금 밖에서 부는 영동바람보다 더 심한 냉기류다. 일부러 어색함을 감추며 그동안 잘 지냈냐고 인사를 하지만 그 사이에는 묘한 바람이 스치고 있었다. 그것은 단순히 서로 다른 교단이 되어서라기보다 그렇게 구분될 수밖에 없는 차이점을 알게 된 관점에서 피할 수 없는 이격이 생긴 것이다. 여기에 이런 바람도 있을 줄이야, 참으로 모를 일이다.

바람은 공기의 흐름이다. 기압의 마찰로 인해 공기가 고기압에서 저기압으로 흐르는 데서 발생한다고 한다.

성경에 보면, 바람은 여호와께로서 나온다 했고 그가 바람의 경중을 정하신다 했다.

예수님은 갈릴리 바다에 휘몰아친 돌풍의 바람을 명하여 잠잠케 하셨다. 만물이 그에게서 나오고 그로 말미암고 그에게로 돌아간다는 진리대로이다.

세상에는 인간이 일으키고 조성하는 바람도 많다.

유행바람, 계몽바람, 의식바람, 문화바람, 건설바람, 정치바람, 웰빙바람 등이 여기저기서 불어오고 이리저리 불려 다니다 사라진다.

교회에도 누군가가 어디에선가 조성하고 일으키는 바람이 있다. 커지고자 하는 부흥바람, 한동안 불었던 기도원바람, 큐티바람, 여러 방식의 전도바람, 셀바람, 찬양바람, 단기선교바람, 대세바람 등등….

한동안 신바람을 일으키다가 사라진 자도 있다. 감히 성령의 바람을 일으키려는 클럽도 있다. 통합의 바람도 불다가 멎는가 하면 이리저리 쏠려 다니다 흩어지곤 한다.

왜 이런 인본적인 바람이 기독교 내에 있는가, 구별의 역사인 것이다. 우리 인생은 바람이 지나가면 없어지는 들풀꽃과 같다 했거늘 그 바람을 잡아보겠다는 허망한 자들이 된 것이다. 우리들이 돌아볼 것은 보이지 않는 영원한 것이라 했거늘 잠시 불고 가는 바람 따라 가는 넓은 길이 대세를 이루는 시대가 된 것이다. 그저 바람 따라 떠돌다 가는 인생임을 보여주는 것이다.

영동바람이 미시령골짜기 터널 어귀에서 빨리 가라고 떠미는 건지 더 있다 가라고 붙잡는 건지 우리가 탄 승합차를 똑바로 가지 못하게 세차게 몰아붙인다. 그러고 보니 짧은 기간이지만 영동바람을 제대로 쐬고 돌아간다.

야맹증으로 군대 가다

일반소집훈련이니, 비상훈련이니, 동원훈련이니, 정신교육이니 하는 예비군훈련이 유난히 많던 시절에 신학교를 졸업하면서 학생예비군 소속에서 다시 일반예비군 소속으로 편성됨으로 인해 야간소집에 나갈 수 없어 예비군훈련을 면제받기 위한 신청서를 병무청에 낸 적이 있었다.

당시 시력검사를 정밀하게 하고 난 병무청 소속 안과전문 군의관이 내게 이런 말을 했다.

"아니, 이런 눈으로 어떻게 군생활을 했습니까? 망막의 시세포에 문제가 있습니다. 이런 눈 상태로는 충분히 군대에 안 갈 수도 있었는데 어떻게 간 것입니까?"

그랬다. 나는 망막 시세포의 문제로 인해 야맹증이 생겼음에도 감히 군대에 간 것이다.

내가 밤눈이 나쁘다는 것을 느끼기 시작한 것은 고등학교 2학년 때쯤이다. 시골의 밤길은 예나 지금이나 큰 차이 없이 어두웠다. 그런 곳에서도 잘 다니곤 했던 내가 어느 날 친구들과 함께 인적이 없는 신작로 밤길을 가고 있었는데 친구들이, "야 임마, 너 어디로 가냐?"고 물었다. 내가 "어? 여기 길 아니야?"라고 하자 "거기는 밭인데 안 보이냐?"고 되물었다. "응, 잘 안 보이는데."라는 나의 대답에 친구들은 "신작로길이 훤한데 뭐가 안 보여, 임마!" 하고 면박을 주었다.

그 이후부터 나는 밤길을 갈 때면 허둥거렸고 종종 진창에 빠지거나 장애물에 걸리고, 부딪히고, 무언가를 걷어차곤 했던 것이다. 그러한 상태는 점점 심해졌다.

영양실조에 걸린 사람이 많았던 시절, 비타민A가 부족하여 야맹증이 생긴 줄 알았던 부모님은 나보다 앞서 그런 증상을 가지고 있던 형이나 누나에게 그랬던 것처럼 간유구나 그런 류의 것들로 내 시력에 도움을 주려 했다. 그러나 효험은 조금도 없었다.

병무청 군의관에 의해서 나는 내 눈이 '망막색소 변형증'이라는 것을 처음 알았다. 망막은 안구의 가장 안쪽에 시신경의 세포가 막상으로 층을 이루고 있는 부분인데, 망막색소 변형증이란 이곳의 신경이 점점 죽어 시야가 좁아지고 흐려지는 불치의 희귀한 눈 질환이다. 발병 원인도 모르고 치료도 불가능한 것임을 알았고, 점점 시력을 잃게 되어 보지 못하게 된다는 것도 알았다. 유전적 요인으로 인해 나와 같은 증상을 가진 형님은 근래에 와서는 거의 봉사나 다름없을 정도다.

나는 이런 눈을 가지고 군대에 간 것이다. 물론 그때는 요즘보다 눈의 상태가 훨씬 나은 편이었지만 얼마든지 군대를 안 갈 수도, 아니 그런 눈으로 군대에 가서는 안 되는 상황이었음에도 불구하고 야맹증을 밝히지 않고 지원병처럼 거리낌없이 군대를 간 것이다. 그것은 순전히 젊은 호기에서였다. 애국자도 아니면서 왠지 그때는 사기충천했었다. 예나 지금이나 일부러 몸을 상하면서까지 어떻게 해서라도 군대에 안 가길 원하는 자들이 볼 때는 바보 같은 행동이었다.

나는 어린 시절과 사춘기 시절에 영웅담 같은 군대 얘기를 실감나게 많이 들으며 자랐다. 큰형님은 해병대 출신이고, 둘째 형님은 여러 부대를 거치면서 작전 중에 사고로 상이군인이 되었으며, 셋째 형님은 월남참전용사였다. 내가 군에 입대할 당시 바로 위 넷째형은 전방 GP에서 수색대로 짬밥수를 늘려가고 있었다.

내게 있어 형님들의 군대 얘기는 많은 흥미와 호기심과 실전감 같은 것을 불러일으켜 주었고 군대라는 사회가 매력적으로 느껴지게 했다. 내가 두 번씩이나 장교가 되는 시험을 친 것도 다 그런 기대가 있었기 때문이다.

이렇듯 마치 군대생활이 적성에 맞고 체질인 것처럼 앙양된 사기를 가지고, 야맹증 정도는 별거 아닌 듯 여기며 당당하게 군대에 간 것이다.

하지만 군대생활은 형들의 얘기처럼 재미있고 스릴이 넘치는 것이 아니었다. 1970년대 군생활은 한마디로 쫄따구와 고참이 확실하게 구분되었던 때였고 고참이 호랑이

보다 더 무섭게 여겨지던 때였다.

더구나 야맹증으로 인해 내 군생활은 애로점이 너무 많았다. 다 열거할 수 없는 에피소드들이 지금도 생생하고 선연하다. 훈련소 때부터 나 때문에 밤중에 일어나 화장실도 함께 가주고 야간훈련 때는 나를 붙잡고 다니며 불편을 감수했던 동기들이 고맙고 그리워진다.

자대배치를 받은 후 깊은 밤 집합이 많았던 그때는 정말 곤욕스러웠다. 잡소리 하나 안 들리는 살벌한 분위기, 소리에 의지해 따라가고 방향을 잡고 자세를 취해야 하는 내게는 실로 극도로 신경이 곤두서는 일이었다. 아무것도 보이지 않는 어둠 속에서 매우 예민하게 감을 잡고 예측하여 부동자세를 취하고 있다 보면, "이 새끼 아직 졸고 있나? 어디 보고 서 있는 거야!" 하며 워커발이 가슴으로 날아왔다. 나가떨어지고 나서야 나는 그 소리 방향으로 잽싸게 일어나 돌려 서 있곤 했다. 고참이 볼 때 반우향우나 반좌향좌 하고 있는 내가 어이없게 여겨졌을 것이다.

그 외에도 보초 나가다가 순찰 중인 주번사관과 충돌하여 주번사관을 풀숲에 처박히게 했던 일, 다행히도 주특기가 무전이라 부대 뒷산 꼭대기 무전소에 근무함으로 인해 순찰 중인 사람과의 충돌사건은 한 번으로 그쳤지만 야맹증이라고 봐주고 열외시켜주는 일은 없었다. 나도 그런 애로점이 있음을 호소하지 않았다.

군부대마다 있는 5분대기조는 긴급 상황 때 5분 내에 출동준비를 완료해야 하는 특별조이다. 우리 부대에서는 내무반별로 9명씩 돌아가며 얼마의 기간 동안 했는데 나는 1년 이상을 5분대기조에서 벗어나지 못하는 말뚝 신세였다. 그 이유는 5분대기조에는 언제나 무전병이 필수로 들어가기 때문에 무전소에서 근무하던 5, 6명의 무전병 중에 제일 졸병이 5분대기조 비상이 걸릴 때마다 알아서 무전기를 메고 뛰어나가야 했던 것이다. 다른 졸병이 올라올 때까지 문제없이 책임져야 했다.

5분대기 비상이 걸리면 나는 부대상황실까지 걸어서 20여 분 걸리는 산길을 무전기를 메고 5분 내에 내려가야 했다. 주로 강원도 산에서 놀고 산에서 생활을 많이 했던 어린 시절 덕에 낮에는 거의 날다시피 뛰어 내려갔다. 그 일은 어렵지 않았고 때론 실제 상황에 의해 차 타고 출동하여 부대 밖으로 나가는 경우도 많았는데 어떤 때는 수상한 자의 출몰지역으로, 또 어떤 때는 우리 관할지역으로 훈련 나온 미군부대 주변에 찾아와 숲에 숨어있는 양색시들을 쫓아 보내는 일로, 어떤 때는 통제구역에 들어온 민간인들을 찾는 일들로 재미도 있었다. 무엇보다 상황이 종료될 때까지 얼마간 고참들의 시선에서 벗어난다는 게 좋았다.

그러나 문제는 야간에 비상이 걸리는 경우였다. 많지는 않았지만 드물게 야간에 5분대기조 비상이 걸린 적이 있었다. 나는 그때 어두움만 보이는 산길을 어떻게 뛰어 내려갔을까. 물론 하루에도 몇 번씩 오르고 내리던 길이라 감으로 내리 달렸지만 분명한 사실은 한 번도 넘어지지 않았다는 것이고, 산길을 끼고 돌아가는 우측으로 벼랑이 있었는데 그곳으로 직행한 적도 없었으며 거의 낮의 때와 같은 시간대에 상황실 앞에 도착했다는 것이다.

그것이 군대의 정신력 때문이었을까? 나는 한 번도 그렇게 생각한 적이 없다.

나는 그때의 아찔하고 위험천만했던 순간순간들을 생각할 때마다 내 상태로 인해 늘 염려하셨던 부모님의 기도와 하나님의 도우심을 느끼며 그저 감사할 뿐이다.

나는 야맹증으로 인해 실제로 당하는 어려움 속에서도 그런 눈을 가지고 군대에 온 것을 후회해본 적이 없다. 물론 나도 감정이 있는지라 순간순간 인상도 써지고 속으로나 뒤돌아서 욕이 나올 때도 있었지만 흔히들 말하는 것처럼 군대에서 3년 썩는다고 여겨본 적은 없다.

입대할 때의 패기가 남아 있어서인지 아니면 수없이 들어온 실감나는 군대 얘기로 인해 겪어야 할 것들을 미리 인정해서인지 요령을 많이 알고 있어서였는지, 잘 참고 적응해갔다.

내게 야맹증이 있다는 사실이 부대 내에서 알려지고 어느 정도 애로점이 인정될 때쯤 나는 고참이 되어 있었고 그때에서야 열외 받는 배려가 좀 있었는데, 밤중에 무전소에서 내무반으로 내려갈 때 조수가 순찰자들만이 들고 다닐 수 있었던 기역자 플래시를 알아서 꼭 챙겨주었고 야간 사격이 있는 날에는 포대장이 나를 열외시켜 주었다. 어쩌다 심심해서 고참 행세로 야간사격장에 따라갔을 때가 있었는데 그런 나를 발견한 포대장이 놀라면서, "야, 황 병장. 밤눈이 어둡다면서 사격장에는 왜 왔나? 부대에 있지. 어이 김 하사, 황 병장 절대 실탄 주지 마라!" 하고 당부했다.

사람들은 자신들이 잘 보는 한 잘 보지 못하는 자의 심정과 실정을 잘 모른다. 그저 그런가 할 뿐이다. 그렇다고 나는 원망하지도 않았고 내 심정을 고하지도 않았다. 나는 그러려고 군대에 온 것이 아니었다. 나는 형들처럼 반드시 군대를 갔다 와야 한다고 생각했고 나 혼자만 방위병 출신이 돼서는 안 된다고 생각했던 것이다. 별로 대단한 것은 아니지만 이 기상으로 나는 잘 보이지 않는 야전을 향해 달려갔고 버텨왔던 것이다. 때문에 나는 나의 애로점을 몰라준다고 불평한 적도 없고 면제받기 위해 특별히 사정하지도 않았다.

아, 그런데 이 기상과 의지가 어느 때 한순간 패대기쳐지고 심하게 곤두박질치고 말았는데 그 요인은 얘기만 듣고 기대했던 군생활에 대한 실망에서 온 것이 아니다. 밤에 자다가 발냄새 난다고 불침번 서던 고참한테 별 수십 개가 순간 번쩍하도록 철모로 머리를 맞고 놀라 벌떡 일어나 "가서 발 씻고 와, 새꺄!"라는 고함에 따라 부대 내로 흐르던 냇가로 더듬거리면서 가 차디찬 물에 발을 씻으며 설움의 눈물을 흘렸던 일 때문도 아니다.

졸병시절 무전소에서 7인분의 밥을 타러 부대까지 하루에 3번씩 내려갔었는데, 나만 보면 그냥 지나치지 않는 나보다 계급이 두 단계쯤 높은 취사병이 있었다. 그가 배식 전에 미리 오지 않았다며 "야! 이 만고 산적 새끼들 뭐하다 이제 와, 대가리 디밀어 새끼야!" 하며 배식창구로 디민 내 머리를 긴 막대기가 달린 양은국자로 야구공처럼 까고 아니면 다른 사병들의 배식이 끝날 때까지 취사반의 물기 있는 콘크리트 바닥에 머리를 꼬라박게 하던 괴로움 때문도 아니었다.

그런 것은 씹으며 참고 견딜 수 있었다. 그러나 이것은 아니었다. 당시 군생활 중에 사회에서 대학에 다니다 온 자들(당시엔 많지 않았음)에게 교련받은 햇수에 따라 몇 개월씩 군생활을 감해주는 특혜가 있었다. 그 결과 나보다 졸병이었던 놈이 개구리복 입고 먼저 제대하는 것이 아닌가! 또 어떤 녀석은 내게 와서 "황 병장님하고 같은 날로 제대 특명 받았습니다." 하는 것이었다. 이것은 당시 시쳇말로 정말 눈 나오고 야마 도는 것이었다.

나는 군대사회만큼은 계급 차이를 빼고 공평한 줄 알았다. 그런데 여기서도 이렇게 학별 차별을 하다니. 대학에 못 간 것도 서러운데….

정말 이것은 나를 기죽이는 일이었다. 그동안 지켜온 내 모든 사기와 의지는 여기서 끝났다. 육체적으로 힘들었던 졸병생활 때보다 더 힘든 맥빠지는 고참생활이 되었다. 한마디로 세상살맛이 안 난다는 것처럼 더 이상 군생활 하고픈 심정이 사라지는 것이었다. 이럴 줄 알았더라면 입소 후 장정수용연대에서 신체검사할 때 안과에서 시력 이상으로 보류되어 그것만 재검사하는 과정에서 담당 군의관이 약시나 색신 이상이나 야맹증 등 특별한 시력장애자가 있으면 나오라고 할 때 나갈 것을 그랬나 하는 후회감마저 찾아왔다.

내 군생활 33개월 15일 중에 이런 일로 말년에 후회하게 될 줄은 미처 몰랐다. 예비군 훈련 면제를 위해 신청서를 내게 된 것도 특별한 애국자도 아니니 이젠 그럴 필요 없다고 느꼈기 때문이다.

세월은 흘러 한 얘기 또 하고 또 하여 지겨울 것 같은 군대 얘기지만 언제나 재미있게 들어주는 아내가 생기고 자식들이 생기고 큰아들 녀석이 군대를 갔다. 다행인 것은 야맹증도 아니고 군생활도 많이 좋아졌다는 것이다.

이제 내 눈은 시각장애등급을 받은 상태다. '망막색소변형증'으로 인한 저시력자. 도저히 가망이 없는 시력이지만 기적도 있다면서 낙심 말고 소망을 가지라는 안과 의사의 말이 있었다.

그래도 군대에 있을 때 대낮에는 사격도 잘하고 공도 잘 찼지만 지금은 시야가 너무 좁아졌고 너무 밝아도 문제고 어두워도 문제인 눈이 되었다. 보고자 하는 물체나 찾고자 하는 물건들이 시야에 금세 들어오지 않는다. 머리 위로 요란한 소리를 내며 지나가는 헬리콥터도 소리가 난 쪽을 향해 한참 두리번거려야 보이고 횡단보도를 건너기 위해 신호등을 확인하려면 건너편 방향으로 한참이나 신경쓰며 둘러보아야 한다. 지하철 계단 층층의 모서리 굴곡선은 구분이 잘 안 되고, 인도에 설치된 차량금지 기둥은 내 정강이에 너무나 잘 맞고, 10시나 11시 방향을 보고 있으면 1시나 2시 방향은 잘 보이지 않는다. 종종 방안에서 옆에 있는 식구도 못 보고 부르며 찾기 일쑤다.

지나가면서 사람을 알아보지 못해 아는 척해오는 인사도 못 받고, 아는 사람인데도 인사를 못해서 오해받을 때도 많고, 상대편 얼굴을 보다가 악수하자고 손 내미는 것을 보지 못해 상대를 겸연쩍게 할 때도 많다. 사람들 많은 곳에서는 부딪히기 일쑤고 치한처럼 여겨질 때도 여러 번 있었다. 그래도 아직 돋보기를 쓰면 성경을 볼 수 있어 감사하다. 더 이상 내 시력이 나빠지지 않기를 간절히 기도해주는 성도들이 있어 또한 감사하다.

주님은 이런 나를 그리스도의 군대에 좋은 군사로 불러주셨다. 여기에는 외모로 보심이 없어 좋다. 점점 안 보이는 시력과 반대로 마음의 눈은 점점 밝히 뜨게 해 주시니 소망이 있다. 이제 내 젊은 날 왕성했던 기상과 의지는 없지만 붙잡힌 바 된 믿음으로 어둠의 세력과 비진리와의 싸움터로 담대히 나아간다.

단지 걸리는 것은 인간적 생활에 얽매어 나를 하나님나라 선한 군대로 모집하여 주신 자를 기쁘시게 못할까 그것이 두렵고 늘 염려된다.

때문에 나는 하루에 두 번씩 저녁과 새벽 시간에 겁없이 어둠을 향해 걷는다. 선한 싸움의 무장을 위해 깨어 근신하기 위해 긴 골목을 세 번이나 꺾고 돌며 큰길로 나가 차량들이 잘 멈추지 않는 횡단보도를 지나 생명의 빛을 향한다. 때론 전봇대에 이마를 박고 나의 감지와는 상관없이 돌발적으로 생긴 장애물에 차이고 걸려 심히 아플 때가 있어도 원망은 없다. 잘 보지 못해 불편하고 애로점이 많지만 오히려 뵈는 것이 없는 담대한 자가 된 것이다.

세상은 점점 어둠으로 덮여 가고 있지만 두렵지 않다. 나는 주 안에서 뵈는 것이 없는 굳건한 빛 된 군사로 날마다 연단되어 가고 있기 때문이다.

내 인상 이야기

내가 거울을 보는 때는 주로 넥타이 맬 때하고 면도할 때이다. 그리고 요즘 와서 신경쓰며 들여다볼 때는, 훤하게 빠진 내 머리에 누군가가 머리털이 다시 난다고 말했을 때이다.

기대를 가지고 거울을 보면, 실제로 솜털이 좀 난 것 같기도 하고 그대로인 것 같기도 하다. 그건 그렇고 이따금씩 내가 신중하게 거울을 들여다볼 때가 또 있는데 그것은 내 인상에 대해 살펴보기 위해서다.

얼마 전 집사람이 다른 동네에 있는 큰 마트를 갔다가 우리 집 동네 골목에서 종종 만나 인사하는 근처 교회 사찰 집사 부부를 만났단다. 그분들이 오는 길에 차를 태워주어 편하게 왔는데, 오는 도중에 "목사님이 인상이 참 좋아요." 하더라는 것이다.

"그래? 그 양반들 사람 볼 줄 아는구먼."

나는 기분좋은 반응으로 너스레를 떨면서도 내심 과연 그런가, 하는 의구심에 확인차 거울을 본다.

몇 년 전 강원도 해안도시 경찰서에서 강력계 반장을 맡고 있는 옛 시골 친구가 찾아왔었다. 우리 동네에서 가까운 곳에 있는 경찰연수원에 며칠 교육 받으러 왔다가 이 근처에서 목회한다는 내 소식을 듣고 전화하여 찾아온 것이다. 실로 20여 년 만에 보는 얼굴이었다. 그 친구는 나를 보자마자 이런 말을 했다.

"야, 니는 얼굴 인상이 진짜 목사 같다야. 우찌 그리 선케 변했나? 우리는 인상만 봐도 척 안다. 그래서 직업은 몬 속인다고."

그래서인지 그 친구 인상은 과연 강력계 형사반장 같았다. 그 친구가 가자마자 집사람과 애들이 그 아저씨 인상이 되게 험하고 무섭게 생겼다고 했다. 늘 강력 범죄자들을 다루고 그들과 같이 인상을 써서일까.

아침마다 운동 삼아 산책 삼아 개를 데리고 중랑천변을 걷는 길에 종종 만나는 낚시하는 분이 계신다. 누가 손맛 제대로 보려면 중랑천 이화교 밑에 가보라고 해서 퇴계원에서 왔다는 70쯤 되어 보이는 어르신인데 뵐 때마다 나는 "안녕하세요? 많이 잡으셨나요?" 이렇게 묻고 지나쳤다. 몇 번 그러는 사이에 그분은 나를 반가이 맞아 주었고 우리 개에게 먹을 것도 주면서 이런저런 얘기를 서슴없이 재미있게 해 주었다. 그러던 어느 날 그분은 내게 뭣 하는 분이냐고 물었다. 아침 8시 전후로 해서 개를 데리고 한가롭게 어슬렁어슬렁 다니는 내가 뭐 하는 사람인지 매우 궁금했던 모양이다.

“저, 교회 목회하는 목사입니다.”라고 어렵게 대답했더니 그분은 그 대답을 기다렸다는 듯이 “아, 그러십니까? 어쩐지 보통분 같지 않게 인상이 좋고 선하게 보인다고 생각했었습니다.”라고 했다.

나는 이럴 때마다 거울을 본다. 내 인상을 유심히 살피며 더듬어 본다. 주름잡힌 이맛살, 점점 벗어져가는 머리, 좀 진한 반달 같은 눈썹, 아래로 처진 눈꼬리, 그 위로 덮인 두꺼운 눈꺼풀, 코와 입은 평범하고 얼굴형은 넙데데하고 볼살이 많은 편이다. 자꾸 머리카락이 빠지는 게 걱정이고 그 외는 아무리 봐도 그저 평범하다. 거울을 통해서지만 누구보다 내 인상을 많이 본 것은 나 자신 아닌가. 그래도 사람들이 인상이 좋다고 하니 기분은 좋다.

사람들이 잘 봐주는 것이리라. 가장 가까이에서 나를 보는 내 아내는 우리 형제들이 다 인상이 좋은 것은 아니라 한다. 나도 포함되는 말이다. 우리 형제들이 원래 광산촌에서 인상깨나 쓰고 다녔는데 그런 과거의 인상들이 인상적인 얘기들로 남아서일까.

얼마 전, 청년 시절에 주일학교 교사로 청년회로 한 교회에서 신앙생활을 함께했던 형제자매들을 누군가의 주선으로 연락되어 20여 년 만에 만난 적이 있었다. 다들 중년의 모습으로 나왔지만 옛 얼굴은 그대로였다. 그때 누군가가 나를 보고 "아니, 예전에 인상이 험악해서 검문소마다 특별히 걸리던 양반이 이제는 목사님 얼굴 같네. 요새도 검문 자주 걸려요?" 하여 다들 한바탕 웃었는데, 실제로 그때는 그랬었다. 당시 교회 청년들, 교사들과 야유회나 단체 일로 인해 함께 다닌 적이 많았는데 곳곳에 많았던 검문소에서 검문하러 올라온 군경들은 그 많은 버스 승객 중에 꼭 빼놓지 않고 나에게 신분증을 요구했고, 다른 사람은 그냥 넘어가고 나 혼자만 검문당하는 경우도 여러 번 있었다. 심지어는 가평역에서 남이섬으로 걸어가는 중에 누군가에 의해 수상한 사람으로 신고되어 자전거를 타고 쫓아온 경찰들에게 불심검문을 당한 적도 있었다. 당시 내 차림새가 눈에 띄게 항상 물들인 군복이나 작업복이나 야전 점퍼 같은 것을 입고 다녀서였던 것 같았다. 그래서 함께 다니던 청년들이 "황 선생님하고 같이 못 다니겠네, 청년회장님하고 같이 다니다간 같은 패거리로 몰리겠어." 하며 농담도 많이 했던 기억이 난다. 나는 그때마다 "아니, 나같이 선량한 사람을 구분하지 못하고 허름한 옷차림새만 보고 항상 찍어 검문하려 하니 진짜 간첩이나 수배자들은 백날 가도 잡히지 않을 거야. 사람을 제대로 볼 줄 모르는 인간들이 너무 많다니까." 하며 너스레를 떨곤 했다.

한 가지 놀랍고 묘한 것은 시력 저하로 신학교 3학년 때부터 검은 뿔테 안경을 쓰게 되었는데 그때부터는 검문을 거의 받지 않았다는 사실이다. 안경 하나 쓰고 안 쓰고가 이렇게 인상에 큰 변화를 줄 줄은 미처 몰랐다. 그러니까 사람의 인상도 꾸밈이나 변화를 주는 것을 통해 달리 보여질 수 있다는 얘기가 된다.

백내장 수술 후 근시 안경을 벗게 되자 큰 딸내미는 "아빠, 안경을 벗으니까 이상해요. 안경을 쓰는 것이 더 좋은 것 같아요."라고 했지만 나는 안경 하나로 내 인상이 달리 보인다는 것이 거슬렸다. 안경을 쓰든 안 쓰든 내 중심의 모습으로 나타나는 인상은 그대로인데 말이다.

요즘 시대에는 성형이나 메이크업을 통해 인상을 기술적으로 만들기도 한다. 그 외에도 차림새나 언어, 순간의 제스처까지 좋은 인상을 주기 위해 관심을 가지고 꾸미며 연기까지 하는 시대다. 인격과 품성에서 풍기는 순수한 인상시대는 어디 박물관에 소장되어 버리고 말았다.

링컨은 말하기를, 사람은 나이 40이 되면 자기 얼굴에 대해 책임을 져야 한다고 했다. 인생 중년기다운 좋은 품격의 인상을 가져야 된다는 것인데 과연 각박하고 외형이나 간판 중심인 요즘 시대에 그런 인상에 걸맞게 살아가는 자들이 있기나 할까? 나는 책임질 그 나이보다 십수 년 더 위인데 과연 어떤지 삶의 거울을 본다. 어느 정도는 되겠지. 그렇지만 그 누구도 완벽한 인상을 가진 사람은 없다. 우리 마음의 본질이 언제나 이중적이기 때문이다.

우리는 하루에도 수차례 인상을 찌푸렸다가 밝게 펴기

도 하고 또는 얼마간씩 굳어진 상태나 매우 우울하고 근심되고 무거운 표정을 하고 살 때가 얼마나 많은가? 상황이나 분위기에 따라 기분에 따라 실제의 형편이 마음을 자극함에 따라 우리의 인상은 조절되고 있는 것이다.

하나님은 세상에 일시적이나마 두 가지 병행되는 삶의 여건을 주셨다. 하나는 형통한 날과 또 하나는 곤고한 날이다. 이런 날에 따라 사람은 변화된다. 얼굴 표정이 달라지고 인상이 뒤바뀌는 것이다. 그래서인지 나는 교인들의 얼굴을 통해 그들의 삶을 본다. 근심을 보고 번뇌와 서로의 감정까지 본다. 근래의 형편도 짐작한다. 내 얼굴까지 덩달아 무거워지게 하는 교인들의 얼굴을 볼 때 나는 간절해질 뿐이다. 무릎을 꿇고 얼굴을 강대상 뒤 의자에 처박고 온전함을 구할 뿐이다. 다 부족한 우리의 모습들이다. 그래서 얼굴은 마음의 거울이라 했던가.

사실 사람들의 인상은 본질적으로 두 얼굴을 가졌다.

〈최후의 만찬〉을 그린 다빈치의 얘기를 잘 알고 있을 것이다. 예수의 얼굴을 그리고 얼마 지나서 가룟 유다의 얼굴을 그리기 위해 적당한 모델을 찾던 중 절망과 취함과 타락에 빠져 일그러진 악한 인상을 하고 있는 자를 만났는데 그가 다름 아닌 얼마 전 예수의 얼굴 모델이었던 사람이라는 사실. 인간인 우리 모두가 그런 것이다. 스티븐슨이 지은 「지킬박사와 하이드」, 그것은 우리들 자화상의 예고편이었다.

무섭고 험악한 인상을 가진 자만이 못된 짓을 하고 악행을 저지르는 것은 아니다. 잘생기고 인자한, 인상이 매우 좋은 자들 중에도 사기치고 성폭행하고 못된 짓만 골라 하는 자들이 많이 있다.

근래에 우리를 경악하게 했던 무서운 살인마가 동네 사람들에게는 매우 호감 가고 친절했던 자요 생김새도 멀쩡하고 인상도 괜찮은 자였다는 사실에 놀라워하지 않았던가? 그래서인지 요즘 사람들은 인상착의만으로 구별하기가 쉽지 않다. 얼굴은 멀쑥해도 왠지 신뢰하기가 어렵다.

얼굴 성형시대. 성격이나 성품이 인상하고 따로 노는 시대다. 마음의 거울이라는 얼굴이 조작되는 시대. 인상 보고 믿었다가 감쪽같이 속는 시대. 아무리 성형하고 꾸며봐야 늙는 것은 막을 수 없고 모두 볼품없이 쭈글쭈글해진 똑같은 인생무상의 인상으로 돌아가고 말 것을….

원래 본질적으로 인간들은 의인도 하나 없고 선한 자도 하나 없이 모두 죄 아래 있는 인생들의 인상에서 벗어나지 못하고 하루에도 수없이 두 얼굴을 가지고 서로 대면하면서 살아가는 것 아닌가?

나도 여기에 속해 있는 자다. 그러나 언제부터인가 내게는 거듭난 속사람의 모습 된 인상이 요구되기 시작했다. 형편이 좋든지 나쁘든지 세상 삶의 날들에서 흐리든지 맑든지 여러 사람들과의 관계에서 어떤 취급을 받든지 상관없이 하나님 나라 된 모습의 형상을 가지길 요구하는 끝없는 선한 싸움이었다. 이것은 그 어떤 성형으로도 불가능한 인상이요 오직 새 사람 된 자들에게 요구되고 역사되는 영광된 변화였다.

성경에는 그런 영화로운 인상을 가진 자들이 있다.

모세의 얼굴에는 광채가 났었다. 거룩한 광채였다. 그가 십계명을 받고 호렙산에서 내려올 때 이스라엘 백성들은 모세의 얼굴에서 나는 광채를 보고 가까이하기를 두려워했다. 모세는 백성들 앞에서 수건으로 그 얼굴을 가렸다고 했다. 모세의 얼굴의 광채는 그의 인격의 고상한 빛도 아니었고 탁월한 지도자가 가지는 남다른 그 어떤 카리스마적인 광채의 모습도 아니었다. 그 얼굴의 광채는 장래에 오실 메시아의 영광을 나타내는 역할의 존귀한 모습이었다. 오늘날 교회와 성도의 영광도 여기에 있거늘 왜 사람들 앞에서 인위적인 거룩함을 입으려 하는가.

좋은 인상을 주려고 목소리나 표정을 관리하고 심지어 걸음걸이까지 성공한 자를 닮으려 함은 외식자의 본색일 것이다. 유대종교의 잘못된 지도자들은 사람들에게 잘 보이고 인기를 얻으려고 외형을 거룩히 꾸미며 근엄한 제스처까지 취했는데 예수님은 이런 자들을 삼가라고 하셨다.

스데반 집사의 얼굴은 천사의 얼굴과 같다고 했다. 천사는 원래 하나님을 가장 가까이에서 높이고 찬양하며 하나님의 뜻을 따라 사역하도록 지음 받은 영이다. 그러나 성경에 보면 그들은 종종 사람의 모습을 하고 나타나 하나님의 뜻을 실행하곤 했다. 그때 천사의 얼굴은 어떠했을까? 더 말할 것 없이 하나님의 영광을 드러내고 나타내는 천국의 사자 된 거룩하고 영화로운 모습이었으리라. 이 세상 그 어떤 군자나 성인도 가질 수 없는 하나님 나라 된 자의 선하고 아름다운 모습인 것이다.

그런데 어떻게 스데반 집사는 그런 얼굴이 될 수 있었을까? 당시 스데반 집사는 그 무서운 유대 산헤드린 공회 앞에서 그리스도를 증거하고 있을 때였다. 그는 그리스도를 입술로만 증거하는 것이 아니라 자기를 돌로 치는 원수 같은 유대주의자들을 위해 "주여, 이 죄를 저들에게 돌리지 마옵소서."라고 기도하고 죽었다. 원수를 사랑하는 그리스도의 모습을 보인 것이다. 성령의 충만함이 스데반 집사를 그리스도의 올바른 증인이 되게 했고 그리스도가 나타나게 되는 그때 그의 모습이 바로 천사의 얼굴과 같았던 것이다. 하나님 나라의 사람에 합당한 인상을 스데반은 가지고 있었고 그것은 신령한 성도가 가져야 할 모습이었던 것이다.

그러나 오늘날 성령이 충만하다는 자들은 많은데 그들의 얼굴에서는 착하고 진실하며 의로운 모습은 찾아보기 어렵다.

솔로몬은 "지혜자와 같은 자 누구며 사리의 해석을 아는 자 누구냐 사람의 지혜는 그 사람의 얼굴에 광채가 나게 하나니 그 얼굴의 사나운 것이 변하느니라"고 증거했다.(전 8:1)

그렇다. 진리를 깨닫고 점점 진리 가운데로 인도받는 자의 모습에는 진실한 변화가 있다. 하나님 나라 된 선한 모습의 인상을 가지게 되는 것이다. 그리스도 안에서 새롭게 된 자의 모습을 합당히 가지는 것이다. 이것이 그리스도의 사람들에게 요구되는 속사람 된 선한 인상인 것이다. 그래서 어디를 가나 누구에게나 그리스도의 향기를 드러내고 그리스도의 편지 된 모습을 가지며 그리스도의 사신 된 모습을 보여주고 하나님 나라의 선함과 영광을 보여 주는 것이다. 때문에 성도인 우리에게 요구되는 모습은, 사람들이 보는 외모를 꾸미거나 단장하지 말고 오직 마음에 숨은 사람을 온유하고 심령의 썩지 아니할 것으로 하고 염치와 정절로 하고 오직 선행으로 하라 이것이 하나님 앞에 값진 것이라고 말씀한 것이다.

성도는 하나님을 따라 의와 진리와 거룩함으로 지으심을 받았다. 이것이 하나님의 형상으로 새롭게 된 본질의 모습이다. 이 모습이 우리에게서 보여져야 한다. 하나님은 우리를 그 아들의 형상을 본받게 하기 위해 미리 정하셨다 했다. 사도 바울은 성도들의 속에 그리스도의 형상이 이루어지기까지 해산하는 수고를 한다고 했다. 이것이 목회이고 앞선 자의 모습인데 내게는 그런 영적 수심이 항상 드리워져 있는가. 몇 사람이 좋게 보아준 인상에 내심 흐뭇해하며 외형의 거울을 보던 내 얼굴에 뜨뜻함을 느낀다.

늙어버린 고물장수

1960년대 도시에서는 어떠했는지 몰라도 내 어린 시절 강원도 시골동네에는 엿장수 아저씨가 있었다. 일주일에 한두 번은 볼까. 그 아저씨가 요란하게 가위질 치며 등장하는 날은 동네 아이들에게 있어 무슨 비상시 같았다.

함께 공터에 몰려 딱지치기, 벼락치기, 구슬치기 등을 하며 놀던 녀석들이 죄다 각자의 집으로 잽싸게들 뛰어갔다. 엿장수 아저씨를 기다리며 나름대로 애써 모아둔 고물들을 가져오기 위함이었다.

엿장수 아저씨는 아이들이 몰려 노는 곳에서, 지게 위 싸리나무 가지로 만든 바수거리에 엿판을 얹어놓고 지게 작대기로 받쳐놓은 후, 더욱 신명난 듯이 크고 무거운 엿깨는 가위를 요란하게 쩔꺽거리며 호객행위(?)를 한다.

“자! 고무신짝 떨어진 것! 양은냄비 우그러지고 빵꾸난 것! 빈병 남은 거! 자, 고물 있는 거 다 가져와요!”

아이들이 가져온 고물에는 별것이 다 있었다. 시골 촌동네에서 무슨 고물들이 그렇게 많이 나오는지…. 그러나 고물장수에 의해 골라지고 퇴짜 맞는 것도 많았다.

당시 엿장수는 검정 고무신은 잘 받지 않았고 흰 고무신만 잘 받았다. 대부분의 사람들이 검정 고무신을 신던 시절에 흰 고무신은 아버지나 할아버지, 어머니나 할머니들의 나들이 신발이었다.

엿 바꿔먹고 싶은데 고물이 없으면 어른들이 신던 흰 고무신까지 가지고 나와 엿 바꿔먹고 나중에 들통나 혼나는 아이들도 여럿이었다. 고무신뿐만 아니라 아직도 쓸 만한 양은그릇, 놋그릇, 수저, 때론 골동품 등을 지들 나름대로 엿하고 바꿔 먹을 수밖에 없는 고물이라며 예리한 고물 감정사가 되어 판별하고 가지고 나와 엿 바꿔먹고는 엄마한테 혼나고들 했다.

나는 그렇게는 할 수 없었다. 고물에도 형편이 있었고 분명한 구분이 있었다. 간혹 야산에서 놀다가 6.25 때 파놓은 교통호 같은 데서 어쩌다 주운 녹슨 탄피, 탄알 클립 같은 것으로 엿을 바꾸어 먹을 정도였고 대부분 엿장수 옆에서 엿 바꿔먹는 것을 구경하는 때가 더 많았다. 그러다 보면 친한 친구 녀석이 조금 떼어 주는 엿 맛을 보기도 하고 어쩌다 마음씨 후한 엿장수 아저씨를 만나면 고물 없이 빈손으로 와 침 흘리며 엿판을 주시하는 아이들에게 엄지손톱만큼씩 떼어 주는 엿 맛을 보기도 했다.

그러던 엿장수도 좀 발전하여 리어카를 끌고 다니며 고물 수집을 했다. 특별한, 큰 엿가위는 계속 치고 다녔지만 엿 외에 강냉이 튀긴 것이나 뻥과자 같은 것도 가지고 다니며 고물과 바꾸어주었고 지게를 지고 다니던 엿장수 아저씨와는 달리 돈을 주고 고물을 사기도 했다.

면소재지 시장께로 이사 가서 살 때 나는 신문돌이를 했는데 이렇게 저렇게 남은 신문지를 모아서 그런 고물장수에게 값을 받고 팔기도 했었다. 어린 시절 엿장수 아저씨와 우리들의 관계는 정겨운 옛 추억이 되어 있다.

세월이 50년 이상 흘렀다.

요새는 도시나 시골이나 그런 고물장수의 정겹던 가위질 소리도 사라진 지 오래다.

시대도 많이 변하고 우리 어린 시절에 비하면 엄청 잘 먹고 잘사는 시대가 되었다.

요즘 아이들은 그런 엿은 거저 줘도 잘 먹지 않을 것이다. 더 맛있는 것들이 흔하게 쌓여 있으니까…. 그래서인지 요즘 아이들은 빈병이나 고물 따위와는 거리가 멀다. 우리 어린 시절 고물만 보면 서로 주우려 했던 때와는 정반대이다.

그런데 어떻게 된 건지 내가 사는 서울 이문동에는 늙은 고물장수(?)가 많다. 알고 보니 다른 지역도 그렇다고 한다. 주로 독거노인들이 사는 구옥이나 좀 허름한 주택들이 밀집해 있는 곳에는 더 많았다.

노인 분들, 대부분 할머니들이다.

이분들은 새벽부터 골목, 큰길가, 상점 많은 곳들을 다니며 버려진 박스, 옷가지, 공병, 폐지, 그 외 돈이 되는 고물 등을 모아다가 고물상에 팔았다.

우리 집 골목에서 가까운 곳에 사는 노인 부부도 함께 그 일을 한다. 나도 가끔씩 우리 집에서 나오는 폐지나 재활용품 등을 갖다 드리곤 하는데, 할아버지가 부지런히 모은 것을 리어카에 가득 담아 고물상으로 팔러 갈 때 내가 보고 물은 적이 있었다.

"많이 모으셨네요? 이만큼 가져가면 얼마나 받아요?"

"에그~ 얼마 안 돼! 만 원도 못돼! 한 7~8천 원 받을 겨! 그래도 그거라도 받아야지. 가만있으면 누가 거저 돈을 주나?"

우리 동네는 이렇듯 고물을 줍는 노인 분들이 너무 많다. 때론 그것 때문에 심하게 다투기도 한다. 마치 생존경쟁처럼….

사람들이 집 앞에 내다 놓은 재활용 봉지나 쓰레기봉지에서 필요한 것만 가져가고 나머지는 마구 흩뜨려 놓아서 집주인들과 마찰도 빈번하다.

이분들을 볼 때마다 왠지 마음이 짠하다. 골목길에서 자주 만나는 이분들을 볼 때마다 애처로움을 느낀다.

큰 박스에 수거한 것을 잔뜩 넣고 끈을 달아 힘겹게 끌고 가는 분도 있고, 어떤 때는 위험한지를 아는지 모르는지 아니면 살면 얼마나 산다고 하는 식인지 손수레를 끌고 한길을 역주행하거나 아슬아슬하게 무단횡단을 하는 허리 굽은 노인들도 종종 본다. 뭐라 해도 막무가내다.

시장에 갔다 오는지 짐 보따리를 들고 가다가도 골목길이나 주택가에 버려진 빈병, 페트병, 빈 박스, 그 밖에 팔 만한 물건들을 보면 하나라도 더 주워가려고 애쓰는 모습들이 옛날 못 먹고 가난했던 시절보다 뭔가 더 절실하게 느껴지는 것은 왜인가? 어려울 때 악착같이 살던 습관이 남아 있어서 그런 것인가?

동네 길에서, 골목에서 자주 뵈는 아주 왜소한 꼽추 할머니가 계셨다. 그분은 어디서 구했는지 버려진 낡은 유모차를 하나 끌고 다니며 폐지나 옷가지, 고물 등을 부지런히도 수거하고 다녔다. 나도 종종 협조를 했는데 이렇게 저렇게 자주 뵙다 보니까 인사를 드리게 되었고 그분도 나를 보면 꼭 한마디씩 인사말을 하시곤 했다.

그 꼽추 할머니가 유모차에 여러 물건을 가득 주워 담아 끌고 다닐 때 앞에서 보면 그분은 보이지 않고 빈 박스나 갖가지 폐품을 담은 유모차가 스스로 굴러가는 것처럼 보였다.

그분은 우리 동네의 좀 규모가 큰 교회를 다닌다고 했다.

한 번은 내가 몸도 성치 않으신데 왜 이런 일을 하시냐고 물었던 적이 있었다.

"먹고살아야지요!"라고 간단히 답변했다.

"아니, 자식들은 없습니까?"

"세상 살기 힘든데 자식들도 지들 사느라 정신없어요."

요새 그분은 안 보인다. 요양원에 가셨는지, 돌아가셨는지, 자식들이 모셔 가셨는지 모르겠다.

분명히 우리 어린 시절에 비하면 훨씬 잘사는 시대다. 우리 어린 시절에는 생각할 수 없었던 복지정책이나 시설

들도 잘 되어 있는 시대다.

그런데 왜 독거노인은 더 많아져 가고, 이리저리 두리번거리며 누추한 쓰레기더미를 헤치고 골목골목 다니며 버려진 물건들을 뒤지고 다니는 허리 굽은 노인들이 더 많아져 가는가!

우리 어린 시절, 엿장수가 왔을 때 구경만 하기가 초라해서 뭔가 하나라도 고물을 주워 놓으려 했던 우리보다 요즘 노인들이 더 고물 줍는 데 경쟁이 심할 정도로 열심이다. 몸도 성치 못하면서 왜 그렇게들 연연할까?

나는 이분들을 어떻게 통칭해야 할 것인가에 대해 한참 고민했었다. 우리 어린 시절의 엿장수도 아니고 그렇다고 고물장수라고 부르기도 걸맞지 않은 것 같고, 그렇다고 옛적에 폐지나 고물 등을 줍고 다니던 넝마주이라고는 더더욱 칭할 수 없었다.

그렇다면 우리 어린 시절 엿을 먹고파 고물을 주워 모으던 우리들의 형편과 동일한 것은 아닐까도 생각했다.

그때의 엿장수나 고물장수나 넝마주이는 다 남자들이었고 또한 주로 젊은 아저씨들이었다. 그러나 요즘에 고물상에서 받는 고물들을 수거해서 팔아 돈을 벌려는 분들은 대부분 노인이며 그중에서도 할머니들이 많다.

이분들이 하는 그 일을 보고 그저 하나의 소일거리라고 말하는 분들도 있다. 그러나 소일거리치고는 너무 절실하고 치열하다. 위험도 무시하고 성치 않은 몸으로 다니시는 분들도 많다.

나는 그래서 그분들을 요즘 시대 우울한 골목 뒤안길의 한 진면목을 살아가는 '늙어버린 고물장수'라고 칭한 것이다.

자식들은 공부도 많이 하고 잘들 살아가지만 오늘도 늙으신 우리 부모님들은 외롭게 살면서 박스를 줍고 고물을 줍는다. 언제 올지 모르는 손주 새끼들 용돈 주고 맛있는 거 사주고 싶은 심정으로, 굽은 허리를 더 굽히며 버려진 폐지를 줍고 폐품을 수거해 모으는 것이리라.

나도 우리 집사람도 자꾸만 나이 들어가는데 요즘 시대에 등장한 늙어버린 고물장수가 되어 세월의 뒤안길 같은 골목골목을 다니며 버려진 물건을 뒤지며 살지도 모른다고 생각하니 정말 우울하다.

나는 오늘도 골목에서, 길에서 늙어버린 고물장수(?)들을 본다.

나는 엿도 바꾸어주지 않는 우리 집 골목 노인 부부 고물장수의 집 앞에 빈 박스나 옷가지를 슬쩍 갖다 놓으려고 들고 나간다.

"쩔꺽! 쩔꺽!" 신나게 가위를 치며 나타나던 정겨운 엿장수가 그립다. 못 배우고 못 살았어도 열심히 주워 모은 고물을 엿장수에게 갖다 주고 손바닥 반만한 엿을 받아 먼저 아버지 엄마 떼어드리고 형제끼리 조그마해서 잘 떼어지지도 않던 엿을 힘들게 늘여 서로 떼어주고 나눠먹던 시절이 그립다.

늦게 주신 하나님의 선물

내 나이 오십에 이제 두 돌 지나 세 살 난 딸아이가 있다. 바로 위 오빠와의 나이 차이는 아홉 살이다. 그 오빠된 녀석을 낳아 데리고 다닐 때 주변에 좀 아는 어떤 사람들은 우리에게 이렇게 물었다.

"몇 번째 아이입니까?"

"세 번째 아이입니다."

"아, 위로 누나가 둘인가 봐요?"

좀 놀라는 표정으로 다시 묻는다. 그러니까 아들을 낳으려고 또 낳은 것이냐는 물음이다. 계획적으로 한둘 낳는 시대다운 의문이다. 우리는 대답하기를 "아닙니다. 형도 있고 누나도 있습니다." 그쯤 되면 질문하던 사람의 얼굴에 의아해하는 표정이 역력하다.

요즘에 아이를 셋 이상 낳는다는 것은 매우 특별한 경우가 되어 버렸다. 그것은 남이 하지 않는 일이요 할 수 없는 일처럼 되었다. 어떤 사람들의 말에 의하면 "원시인이나 야만인(?)들의 생활방식"이라 하고, 또 어떤 사람은 "욕심도 많네." 하거나, 나이 먹은 분들은 "그래,

적어도 셋은 있어야 해! 아주 잘한 일이야!" 하고, 가까운 사람 중에 생각해서 말해주는 분들에 의하면 "어떻게 다 공부시키고 키우려고? 요즘같이 힘든 세상에…." 또 어떤 스스럼없는 성도는 "목사님! 주시는 대로 계속 낳을 겁니까? 그럼 주일학교 학생들이 많아지겠습니다." 하는 등의 반응을 보였다. 그렇게 묻는 성도들의 내심을 보면 두 부류 같다. 하나는 "이 양반은 목사답게 하나님께서 생명을 주시는 대로 다 낳을 모양이지." 하는 것과 또 한 부류는 "시대와 사회정서를 너무 외면하는 처세 아닌가?" 하는 것인데, 그런 것이 얼굴 표정에 은근히 보여지는 것 같다. 그러나 한 가지, 교회 된 자들의 가정에 하나님이 주신 생명이 태어나면 이는 또한 교회를 이루는 존귀한 생명으로서 하나님의 선물임을 알고 함께 기뻐하고 감사하는 그런 성도로서의 반응은 없다. 이것은 모두 우리 같은 자들의 책임이 크다. 아브라함은 교회 같은 언약의 씨를 봄으로 대연을 베풀고 사라를 기쁘게 한 하나님의 기쁨이 모두의 기쁨이 되었다고 했는데….

고향 시골 학교 출신들이 서울에서 살면서 동창회로 한 달에 한 번씩 모이는가 본데 몇 년 전, 그러니까 지금 세 살 난 딸아이가 없던 때에 동창회장직을 맡고 있는 죽마고우한테서 제발 동창회 한번 나와 달라는 전화가 온 적이 있었다. 그 친구는 신앙이 없는 녀석답게 "야! 너 목사라며, 그래 교회는 잘 되냐?"고 물었고 이어 아이들은 몇

이냐고 물었다. 나는 셋이라고 대답했고 그 친구는 이어서 몇 남 몇 녀냐고 물었다.

"이남 일녀야."

"그래? 야, 너 정말 환상적으로 낳았구나!"

그 친구는 우리가 뭐 자식을 맘대로 잘 조절해서 낳는 기술자나 되는 양 감탄해 마지않았다. 그 친구는 딸만 둘이라 했다. 그러니 내가 매우 부러웠던 모양이었다.

나는 가끔씩 이 친구의 그 감탄적인 반응을 재미있는 얘기처럼 나를 아는 사람들에게 실감나게 전했다. 왜냐하면 우리 아이들이 셋이라는 것에 대해 이 친구가 가장 시원하고 그야말로 환상적으로 반응해 주었기 때문이다.

나는 이 친구가 이남 일녀에서 이남 이녀가 되었다는 사실을 알면 어떤 반응을 보일까 매우 궁금해진다.

나는 세 살 난 딸아이의 손을 잡고, 때로는 안고 잘 다니는 편이다. 동네 구멍가게로, 사람들이 운동하러 많이 모이는 뚝방길로, 때로는 딸아이가 원하는 아무 길이나 동네 놀이터로 끌고 끌리며 다닌다. 그런데 이제 사람들은 내게 몇째 아이냐고 묻지 않는다.

"예쁘게 생겼네. 손녀인가 본데 몇 살입니까?"

이렇게 묻는다.

이사한 후 동네가게에 딸을 안고 몇 번 갔더니, 가게 주인이 내게 "외손녀요 친손녀요?"라고 물었다.

나는 주인 아저씨에게 서슴없이 "늦둥이 딸이오!"라고

답했다. 그러자 그 가게 주인은 "어허, 그래요! 예쁘겠습니다."라고 했다. 그 가게 근처에 잘 나와 노는 대여섯 살 된 낯익은 여자아이가 내게 이렇게 물은 적이 있다. "할아버지, 걔는 누구예요?" 나는 그 꼬마에게 "응, 아저씨 딸이야."라고 대답했다. 그리고 이삼 일 지났나, 가게 앞에서 그 꼬마를 또 만났다. 자기 또래하고 놀 때는 쳐다보지도 않더니 혼자여서인지 내게 관심을 두며 또 물었다.

"할아버지! 걔는 몇 살이에요? 이름이 뭐예요?"

"얘는 아저씨 딸이야! 나이는 세 살이고, 이름은 조은이란다! 알겠니?"

거울을 본다. 내가 할아버지라…, 그렇게 늙어 보이나…, 머리가 좀 벗겨져서 그렇지 아직 할아버지처럼 보이지는 않는데…, 마음은 아직 한창이고…!

나는 딸을 데리고 나갈 때마다 벗겨진 머리를 의식해 모자를 썼다. 지금보다 젊었을 작년의 일이다. 우리 집사람하고 늦둥이 딸을 배낭처럼 생긴 질빵에 넣어 업고 모자 쓰고 등산 차림의 복장을 하고 동네 가까운 산을 종종 다닌 적이 있다. 그때마다 나는 지나가는 사람들로부터 이런 얘기를 한두 마디씩 꼭 들어야 했다.

"어머! 애기도 할아버지 등에 업혀 산에 왔네!", "손주 업고 산행을 하니 운동이 더 잘 되겠습니다."

벗겨진 머리가 모자로 가려져 있고 산에 오는 진짜 할아버지들 같은 걸음걸이와 모습도 없이 씩씩하게 가는데도 사람들은 나를 할아버지라 불렀다. 단지 그런 딸을 둘

나이는 훨씬 지났다고 보는 고정관념이 앞서서이리라.

사람들이 나와 내 딸 사이를 할아버지와 손녀딸로 보고 부르든지 말든지 나는 크게 신경쓰지는 않는다. 내가 아직 할아버지는 아닐지라도 내 나이 오십에 세 살 난 딸아이를 데리고 다니니 의당 손주려니 하겠지. 나는 충분히 이해한다. 사람들이 나를 할아버지라고 부르는 것이 거슬렸다면 나는 딸을 데리고 다니지 않았으리라. 할아버지든 아버지든 '할'자를 붙이느냐 떼느냐 하는 사랑스럽고 정겨운 1대 차이가 아닌가.

지난 신정 때 1년에 한 번씩 모이는 친척 모임에 갔었다. 늦둥이 딸 낳고 처음 간 것이다. 나는 건투를 빌듯이 집사람을 설득했고, 집사람은 용기를 내었다. 아이를 하나 낳고 둘 낳고 하는 시대에 6명 규모의 작은 탁아소 같은 우리 가족은 친척들에게 놀라움과 요란을 안겨주었다.

"아니, 그 꼬마는 누구야?"

"세상에, 애들이 넷씩이나 돼? 야, 용감하다!"

"하나님께서 덤으로 선물을 더 주셨습니다."

"그럼 하나님께서 주시는 대로 앞으로 계속 낳을 거야? 말도 안 돼!"

주로 사촌형님이나 형수님들이 요란스럽게 말했다.

나는 그 말에 뭐라 대답할 수가 없었다.

내가 보다 하나님 중심이 되지 못하는 것으로 인해 항상 갈등 속에 고민하며 부족함을 느껴 왔던 것이 아닌가?

생명의 원천이 되시며 성태케 하시는 이는 하나님 되심을 알고 증거하면서도 하나님께서 얼마나 주실지 안 주실지도 모르면서 우리는 자식을 우리 마음대로 계획하고 제한했던 것이 아닌가? 세상 사람들처럼 똑같이…! 그것을 하나님이 주신 지혜라고 말하는 이도 있을 정도다.

누구나 떳떳치 못해서 그러는지 오늘날 교회에서 이 점은 별로 강조되지 않는다. 하나님께서 주신 대로 낳아야 한다는 것은 원시적인 옛말이 되어 버렸다. 가장 기본적인 생명의 주권이 이젠 하나님께 있는 것이 아니었다. 토기장이와 진흙덩이의 관계가 불분명하게 되었다.

나의 실제는 이 중간에서 왔다 갔다 하고 있었다. 지식은 분명한데 믿음이 부족했다. 그렇다고 인간적인 방법을 앞세우지도 못했다. 하나님이 두렵고 그분의 주권에 대한 믿음의 의식이 그것을 거스르고 있었다. 그렇다고 전적으로 하나님 중심에 의뢰하지도 못했다. 하나님 나라 된 온전한 모습이 나와 집사람에게는 부족했다. 이것이 하나님 앞에 부끄럽고 죄송스러웠다. 앞서야 할 자로서 기도는 했지만, 지금도 그 믿음은 확고하지만 실제로는 그렇다.

막내라고 여겼던 셋째와 황당한 소식처럼 생긴 넷째는 이러는 중에 태어났다. 인간적으로는 원치 않았지만 하나님께서 주심에 대해 한편으로는 정말 감사해야 했다. 하나님의 선물임을 아니까 말이다. 그러면서도 그 선물에 대한 기쁘고 감사한 자세는 선행되지 못하고 미지근했다.

“여보, 쟤는 유달리 사람 힘들게 하는 것 같아요. 나를 아무것도 못하게 해요. 지 오빠 둘이랑 언니는 저렇게 힘들게 하지 않았던 것 같은데, 떼쓸 때는 어떻게 감당할 수 없어요!” 저하고만 놀자 하고 저만 위해 달라고, 자기 멋대로 하겠다고 무조건 떼쓰는 두 돌 지난 딸내미를 보면서 가끔씩 내뱉는 우리 집사람의 푸념이다. 예쁘고 귀여워서 어쩔 줄 몰라하면서도….

그래도 우리 딸은 아직 철들려면 아득하지만 남들은 변함없이 할아버지라 하는 데 언제나 변함없이 “아빠 딸! 엄마 딸!”이다. 아직 발음이 정확하질 않아 아빠 “딸”이라는 말이 아빠 “띨”이라는 말로 들리기도 하여 “그래, 늙은 애비가 띨띨하다는 거냐?” 하며 한바탕 웃어보기도 한다. 지금은 순진한데 그래도 좀 크면 할아버지, 할머니라고 놀림 받는다고 집에 친구도 안 데려오고 우리를 학교에 못 오게 하는 것은 아닐까 하는 생각도 든다.

믿음을 가지고 순리에 맡겼더라면 벌써 저 녀석은 초등학교 2, 3학년이 되었을 텐데 하는 미련스런 생각을 가끔 해볼 때가 있다. 하나님 앞에 여러모로 내 “띨”한 모습이 보여진다. 그러니 누가 나를 할아버지라 하는 것은 내게 거슬리는 신경거리가 아니었던 것이다. 우리가 뭘 할 수 있다고…, 하나님의 선물은 이미 계획되어 있었는데…. 우리는 이것밖에 안 되었다. 그의 나라를 그가 택하신 생명으로 토기장이가 되어 이루어 가시는 선하신 일에 우리는 더 이상 진흙이 아니었다.

"띠리리리 리리리~~ 나의 사랑하는 책~~"

찬송가로 된 핸드폰 소리가 울린다.

"여보, 나예요. 딸내미가 자꾸 아빠한테 전화하래요!"

옆에서 당나라 말인지 어디 말인지 분간이 어려운 딸의 음성이 들려온다. 내가 나가면 그렇게 몇 번씩 전화를 하라고 엄마를 조른단다.

"여보세요! 누구야? 조은이야?"

내가 이렇게 말할 것 같으면 "응, 아빠 딸! 아빠 띨!"이라고 하는 것이다.

나는 이렇게 하루에도 몇 번씩 분명하기도 하고 띨하기도 한 내 모습을 귀여운 늦둥이 딸로부터 지적받으며 살아간다. 사람들의 할아버지라는 호칭보다 더 부끄럽게 여겨지는 띨띨한 지칭을 받는 것이다. 딸을 보며 또는 그를 통해 느끼는 하나님 앞에 부끄러운 내 모습이 발견되는 것이다.

다윗이 아들의 반역으로 인해 망명길을 갈 때 시므이가 나와 돌을 던지며 욕하자 그것을 하나님께서 저를 통하여 명하신 것으로 받아들인 것처럼 나도 그렇게 여겨 본다. 비록 부정확한 발음으로 들려지는 말이라 할지라도 늦둥이 딸을 통해 하나님의 주권과 부족한 내 모습을 보기 때문이다.

고인의 약력

얼마 전 바로 윗동서가 암 말기로 병원에서 세상을 떠났다. 우리 집사람의 언니가 넷인데 그중에서 유일하게 예수를 믿는 바로 위 언니의 남편 되는 분으로서, 우리 집사람에게는 예수 믿는 형부요 내게도 유일하게 믿음을 가진 윗동서였다. 그는 집례하는 목사님이 예배 때마다 거듭 강조했듯이 법 없어도 사는 순진하고 착하고 성실한 사람이었다.

그동안 계속 문막에서 자그마한 식당을 운영하면서 열심히 살아왔었다. 그런데 얼마 전부터 자꾸 허리가 아프고 한쪽 엉치뼈와 허벅지 쪽이 아프고 해서 동네병원이나 한의원을 찾았다고 했다. 그런 병원에서는 담이나 신경통, 디스크 등으로 진단하고 처방을 해주었다고 한다. 주사도 맞고 약도 먹고 침도 맞아보았지만 잠시뿐, 점점 한쪽 다리를 디디지 못할 정도로 더욱 심하게 아파와서 뼈가 잘못된 것은 아닌가 하여 정형외과를 찾아가 그 부분을 엑스레이 촬영했더니 의사가 빨리 큰 병원에 가보라고 했다는 것이다. 그래서 원주 시내에 있는 세브란스 병원에 가서 정밀검사를 했더니 뼈암이라는 것이었다. 그것도 허리, 등까지 이미 많이 퍼져 있다고 했다. 그래서 그렇게 고통스러워했다는 것이다.

의사들의 말에 의하면, 뼈암은 몸 내부 어느 장기의 암이 퍼지고 전이되면서 암 말기 현상으로 생기는 것이라 했다. 그런데 이상하게도 암이 시작된 장기를 찾을 수가 없다고 했다. 지금 와서 그것을 찾아도 큰 의미는 없지만 실로 이해가 안 가는 현상이라 했다. 의사도 이런 경우는 처음이라는 것이었다.

이 소식을 전해들은 우리 집사람은, "어떡하면 좋아요? 아직 할일이 많은 분인데."라고 울먹였다.

우리가 병원으로 달려갔을 때 문막교회 목사님과 성도들이 많이 와 있었는데 병실 안과 밖에서 뭔가 심각한 표정을 지으며 조용조용 눈치를 보면서 얘기를 하고 있었다. 우리가 병실로 들어가자 먼저 와 있던 처형들이 난감한 표정으로 나와 집사람을 맞았다. 그러나 의외로 환자는 표정이 밝았다. 우리보고 토요일이라 매우 바쁠 텐데 어쩐 일이냐면서 반겨주는 것이 아닌가.

"형부가 많이 아파서 병원에 입원했다는데 바빠도 와봐야지요."

우리 집사람이 억지로 속감정을 감추며 그렇게 말하자, "주사 맞고 이제는 통증도 없고 괜찮아." 했다.

처형이 병실 밖에 나와서 말하기를 본인은 지금 자신이

뼈암이 퍼져서 더 이상 손댈 수도 없는 최악의 상태임을 모른다고 했다. 의사는 보호자가 본인이 알도록 말해주라고 하지만 저렇게 진통제 효과로 안 아파지니까 곧 치료받고 나갈 걸로 아는데 어떻게 말하냐고 했다.

"언니, 하나님의 뜻이 계실 거야. 모든 것을 주관하시는 긍휼이 크신 분이니까 힘써 기도해. 우리도 함께 기도할게."

우리 집사람이나 나나 별다르게 할 말이 없었다. 가장 난처할 때가 바로 이런 경우다.

그날부터 우리는 원주 병원으로, 또 퇴원하면 문막집으로 거의 일주일에 한 번씩 찾아갔다. 그리고 가서 항상 함께 예배도 드렸다. 나는 조심스럽게 구원의 확신에 관한 말씀이나 생사화복을 주관하시는 하나님의 주권적인 말씀이나 연단을 통해 존귀케 하시려는 하나님의 시련의 과정과 그 결국에 대한 말씀이나 그리스도의 구속의 은혜와 하나님 나라에 대한 말씀을 증거하며 권면했고, 함께 손잡고 하나님에게 간절히 기도했다. 이것이 우리가 어렵게 된 형제를 위해 해야 할 일이었고 그 외 할 수 있는 것은 아무것도 없었다.

우리 집사람 바로 위가 되는 처형은 교회 권사로서 그동안 우리에게 남달랐다. 혈육이니까 그렇겠지만 목회하는 동생으로서 더욱 마음써왔던 것이다. 어려울 때 도움도 많이 주었고 항상 여러 가지로 신경써 주었다. 이제 우리가 졸지에 어렵고 위급해진 형제를 위해 할 것이 있다면 혈육을 넘어서 아픔을 당한 형제와 조금이라도 주 안에서 함께하며 기도하는 것뿐이라고 생각했다. 그래서 우리는 대심방 중에도, 이런저런 일이 겹치는 중에도 일 주일에 한 번씩이나마 짬을 내서 찾아가보려 애썼다.

날이 갈수록 동서에게서 두 가지 현상이 좀 더 두드러지게 보이기 시작했다. 한 가지는 구원에 대한 확신과 소망을 고백하며 병문안 오는 믿지 않는 사람들에게 그리스도의 믿음을 증거하는 것이었고, 또 하나는 증상의 악화였다. 몸은 야위어가고 언뜻 보기에도 얼마 못 살겠구나 하는 느낌이 금세 들 정도였다. 갈 때마다 보기에 딱하고 마음 아팠다. 고통은 점점 더 심해져 병원에서 주는 진통제로는 감당이 되지 못했다. 급기야는 주로 말기 암환자들을 받아 통증을 완화시켜 주는 카톨릭 계통의 원주 성모병원에 입원하였다. 우리가 그 병원에 두 번 가보고 세 번째 가보려 했던 그 주간 수요일에 그는 하나님의 부름을 받았다. 뼈암이라고 판명난 지 4개월 만의 일이었다. 전화를 받은 우리 집사람은 눈물을 흘리며 어저께쯤 한 번 더 가볼 것을 그랬다며 울먹거렸다.

죽음은 모든 것을 냉정하게 단절시키고 남은 자에게 슬픈 이야기를 남긴다. 구원이 없다면 인생은 정말 한없이 허무하고 비참하다. 하나님께서 구원을 주시고 데려가심에는 분명 그의 선하신 뜻이 계시다. 구원을 이루어 가시는 하나님의 섭리 안에 위로가 있고 소망이 있다.

원주와 문막 사이 행길가에서 골짜기로 들어간 조용한 곳에 장례식장이 있었다. 죽음을 위해 준비된 것들이 많은 세상, 그것이 정작 누구를 위한 것인지 헷갈릴 때가 많다. 가령 장례식장은 죽은 자를 위한 곳인지 유족들을 위한 곳인지 상투적인 장례업자를 위한 곳인지, 아니면 밤새 카드나 화투로 돈따먹기하며 술 마시고 곰이라도 잡듯이 담배연기를 자욱하게 피워대며 먹을 것을 요구하며 때로는 싸울 듯이 큰 소리로 떠들어 대는 자들을 위한 곳인지, 나는 묵묵히 그 풍경을 보며 또 다른 슬픔을 느낀다. 갈을 수밖에 없는 인생을 생각한다.

"어떻게 왔든지 그대로 가리니 바람을 잡으려는 수고가 저에게 무엇이 유익하랴 일평생을 어두운 데서 먹으며 번뇌와 병과 분노가 저에게 있느니라"(전 5:16-17)고 증거한 솔로몬의 인생실태가 실감된다.

정말 구원이 없다면 인생에는 참위로도 없다. 죽음과 슬픔과 그 아픔을 그저 잊고 또 외면하기 위해 뭔가에 미치는 것뿐이다. 비참한 인생들….

입관예배가 시작되자 목사님은 고인의 인간성에 대해, 특히 열심히 살아온 삶에 대해 몇 번씩이나 강조하였다. 법 없이도 사는 착하고 순진하고 성실한 사람, 하나님은 왜 이런 집사님을 먼저 데려가시는지 궁금할 때가 있다고 했다. 모두에게 특히 유족들에게 안타까움과 아쉬움을 주는 내용이었다.

예배가 끝난 후 내가 인사를 드리자 목사님은, "마음이 아프시지요?"라면서 내게 이런 부탁을 했다.

"내일 발인예배 때 고인의 약력을 목사님이 좀 소개해 주세요."

내가 난감한 표정을 지으며 교인 중에 친했던 분을 시키면 안 되겠냐고 했더니 친했던 남전도회에서는 다른 순서가 있다면서 고인의 약력 소개는 가까운 친인척들 중 누군가가 하는 것이 좋겠다고 했다. 내키지 않은 일이라 자신없이 대답했다. 나는 집사람에게 그 이야기를 곤란한 듯 전하고 마침 그곳에 함께 있던 윗동서에게, "장례를 집례하는 목사님이 우리보고 내일 발인예배 때 고인의 약력을 소개하라는데 형님이 하시죠." 했더니 난색을 보였다. 할 수 없이 나는 집사람의 도움을 받아 처형에게 물으며 간단하게 약력을 작성했다. 이력을 간단히 적는 것이 약력이라지만 쓸 것이 없었다. 출생 연월일과 부모형제, 결혼과 자녀, 신앙적으로 입교일, 직분명, 그리고 돌아가신 날, 이것뿐이었다. 굵은 사인펜으로 썼는데도 그 내용이 A4용지 반도 채워지지 않았다. 이런 것을 왜 소개하라고 하는 것인가 좀 불만스러웠다. 보통 약력 소개란 그래도 그 사람이 살아온 중에 다른 사람들에게 보여주고 자랑할 만한 경력이나 학력 그리고 사회적인 위치가 높거나 영향력이 큰 자들에게 필요한 것이 아닌가. 그래서 고인을 부각시키고 유족이나 후손들에게 내심 자부심을 주는…. 그러나 우리 동서에게는 괜한 것 같았다. 오히려 더 쓸쓸하고 가련하게 만드는 요소가 될 것 같았다. 끝까지 못한다고 거부할 걸 그랬나 싶었다.

발인예배는 장례식장 안에 그런 의식을 할 수 있도록 준비된 공간에서 시작했다. 문막교회 성도들이 많이 참석해 주었다. 예배순서지도 있었고 요즘 예배당에서 쓰는 영상시스템까지 교회에서 준비해놓고 있었다. 목사님은 히브리서 11장 13절부터 16절까지의 말씀을 본문으로 '나그네 인생'을 소개했다.

"인생은 나그네길 어디서 왔다가 어디로 가는가 구름이 흘러가듯 떠돌다 가는 길에…."

자막에 이런 대중가요 가사가 뜨고 목사님은 그 노래를 부르는 것이 아닌가. 천상병 시인의 「귀천」도 자막으로 뜨는 것이었다. 우리 동서가 병상에서 얘기한 것도 녹화되어 나왔다. 발인예배 분위기가 슬픈 이별식 같았다. 순서지에 나온 대로 내 차례가 되었다. 목사님이 나를 간단히 소개하며 고인의 약력 소개가 있을 것이라고 했다. 나는 좀 씁쓸한 기분으로 앞에 나갔다.

"고 ○○○집사님의 약력을 소개하겠습니다. 고 ○○○집사님은 19○○년 ○월 ○일생으로, 경기도 양평군 단월면 ○○리에서 부 ○○○님과 모 ○○○님 사이의 장남으로 태어났습니다. ○○○권사님과 1982년 ○월 ○일에 결혼하여 1남 2녀를 두었으며, 신앙으로는 1989년에 현문막장로교회에 입교하여 1996년 ○월 ○일에 집사직분을 받았습니다. 그리고 2007년 4월 ○일에 원주 카톨릭 성모병원에서 하나님의 부르심을 받았습니다."

1분도 채 안 되는 짧은 시간이었다. 그냥 들어갈 수가 없었다. 나는 뭔가 중요한 것을 말해야겠다고 순간 생각했다. 물론 이 점에 대해 지난 밤 곰곰이 생각해 보았기 때문이다.

"이것이 고 ○○○집사님의 약력입니다. 너무 간단하죠. 사실 고 ○○○집사님에 대해서는 저보다 함께 살아온 유족들, 그리고 친척이나 오랜 친구분들, 그동안 함께 신앙생활해온 믿음의 형제들이 더 잘 아실 겁니다. 제가 느끼기론 고인의 약력 소개 같은 경우는 대단하고 화려한 삶을 살아온 자에게 적합한 것 같습니다. 그러나 ○○○집사님은 누구에게 소개할 만한 학력도 경력도 없습니다. 지극히 평범하고 그것도 짧은 생애였습니다. 그러나 한 가지 이분에게는 세상 약력에는 쓸 수 없는, 영원히 썩지 않을 영광된 면류관을 얻을 수 있는 삶의 길로 인도받는 은혜의 삶이 있었습니다. 대부분의 사람들은 이 세상의 일시적인 썩을 면류관을 얻고 화려한 이력을 쌓아 그 이름을 남기려 합니다. 그러나 사도 바울은 증거하기를, 세상 사람들은 썩을 면류관을 얻고자 달음질하지만 성도된 우리는 썩지 않을 면류관을 푯대로 달려가라고 했습니다. 고 ○○○집사님의 삶의 약력은 세상 사람들이 볼 때는 짧고 보잘것없지만 하나님께서 그에게 주신 보이지 않는 보배로운 믿음의 삶이 있었습니다. 그것이 있어야 구원의 완성으로 이루어지는, 그리스도 안에서 약속된 영원히 영화로운 삶으로 들어가게 되는 것입니다. 성도된 우리도 언제 부름 받고 주님 앞에 설지 모르는 내일 일을 알 수 없는 자들입니다. 그러므로 언제나 하나님 앞에 부끄러움 없이 내놓을 수 있는 보이지 않는 거룩한 삶의 약력을 준비해야 할 것입니다."

나는 고인의 약력을 소개하러 나온 것이 아니라 바로 이 말을 하러 나온 사람처럼 매우 진지한 목소리로 말하고 들어왔다. 잠시 침묵이 흘렀다. 흐느끼던 소리도 조용해졌다. 그렇게 잘하던 '아멘' 소리도 '주여' 소리도 사라졌다.

야곱은,

"네 연세가 얼마뇨?"

하고 묻는 애굽의 바로 왕에게,

"내 나그네길의 세월은 130년이니이다. 나의 연세가 얼마 못 되니 우리 조상의 나그네길 세월에 미치지 못하나 험악한 세월을 보내었나이다."고 말했다.

야곱의 인생 약력이 한마디로 여기 들어 있는 것이다.

나그네 인생, 험악한 세월, 여기에 모든 인생들의 평생이 들어 있다. 아무리 잘살고 화려해도 금세 사라지는 들풀꽃 같은 허무한 인생이다. 그러나 야곱에게는 멋대로 살아가도록 버려둔 에서와는 달리 하나님께서 언약하신 땅으로 돌아가게 하시는 간섭이 계셨다. 이것이 택자에게 약속된 구원의 삶인 것이다. 그래도 하나님을 통해 세상에서 성공하고 인정받으려 하고 큰 자가 되려는 소경 된 인도자들과 그를 따르는 무리들이 많다. 그들의 약력이 자랑할 내용이 많고 화려해도 그것은 육신의 정욕과 안목의 정욕과 이생의 자랑거리들로서 주님 앞에서는 외면당하든가 부끄러운 모습이 되리라. 그래서 예수님은, "사람 중에 높임을 받는 것은 하나님 앞에 미움을 받는 것이니라"고 말씀하신 것이다. 하나님 나라 된 모습과 삶의 길에는 이생에서 쓸 만한 약력이 없다. 자신은 없고 그리스도만 존귀케 하는 증인된 삶뿐이다. 영원히 하나님께서 기억해 주시고 영화롭게 하시는 내세의 존귀한 이력으로 남는 것이 성도에게 주어진 구원의 새 삶인 것이다.

"처형, 지금은 나오미 같은 슬픔이 있을지라도 그리스도께 속한 권속으로서 영원한 그 나라를 기업으로 누릴 기쁨의 영광이 있습니다. 야곱같이 험악한 세월을 산다 할지라도 우리에게는 끝까지 벧엘로 돌아가게 하시는 하나님의 약속과 은혜가 있습니다. 먼저 간 형님은 이런 완전한 영화로움에 이른 것입니다. 그 안에서 소망과 위로함이 있기를 기도하겠습니다."

마사다에 남아 있는 증거

마치 거대한 왕관을 엎어 놓은 듯한 모양으로 우뚝 서 있는 천혜의 요새 마사다!

지금은 유네스코가 세계문화유산으로 지정하여 세계적으로 유명해진 관광지이지만 유대인들에게 있어서는 역사적으로 잊을 수 없는 비통한 최후 격전지로서 그 흔적이 생생한 성지라는 곳이다.

예전부터 이야기로만 듣던 그 유명한 마사다를 나도 볼 수 있게 되었다.

아침부터 설레는 마음을 앞세우고 숙소에서 나와 버스에 올랐다. 척박한 유다 중앙산맥을 꼬불꼬불 넘어 황량하고 삭막한 유다 광야를 바라보며 버스가 방향을 잡자 누군가가 "마사다다!"라고 외쳤고 모두의 시선이 집중되는 그곳에 마사다는 그 위용을 드러내고 있었다. 그때 누군가 말했듯이 멀리서 언뜻 보기에 그 모양은 우리나라 제주도 성산 일출봉 같았다. 그러나 점점 가까이 가면서 느껴지는 것은 바위 절벽으로 된 산 같지가 않았다. 검은

색이나 짙은 재색으로 된 우리네 산 절벽만 보아 와서 그런지는 몰라도 마사다는 황토색 진흙으로 쌓여진 거대한 진흙더미 같았다. 나무 한 그루 없고 풀 한 포기 찾기 어려운 거칠고 메마른 모습이 썰렁해 보였다.

우리 일행은 반나절이나 걸린다는 동북편 높고 꼬불꼬불한 뱀의 길과 반대되는 비교적 낮은 서쪽길로 올랐다.

마사다의 높이는 자료에 의해 보건대 북동편으로는 해발 약 430m이고 서남편으로는 약 300m라고 한다. 당시 로마 군대는 요새의 공략이 어려워지자 바로 그곳, 비교적 낮은 서남편 절벽과 그 아래 계곡을 흙으로 메우며 비스듬히 쌓아 올렸다. 그리로 공성퇴가 올라가도록 하여 요새 가까이에서 효과 있게 공격할 수 있도록 2년 이상 공사했다는 흔적이 실감나게 남아 있는 곳으로 올라갔다. 가히 셀 수 없이 수많은 사람들이 오르고 올라 다져진 길로 먼지가 날렸고 군데군데 여행객들을 위해 만들어진 가파른 계단도 있었다. 숨을 몰아쉬며 30분쯤 걸어 올라선 마사다의 꼭대기는 마치 산봉우리를 잘라낸 듯이 평평했다. 거기에는 풀 한 포기 없고 황량한 진흙색 바닥뿐이었다. 여기서 어떻게 3년을 버티며 살았을까 의심이 들었다.

내 눈에 먼저 인상적으로 들어온 것은, 당시 로마군대가 공성퇴로 쏘아올린 돌로 된 포알이 더미로 쌓여 있는 곳이었다. 그리고 로마군대의 지속적인 공격에 삼 년을 버티며 저항했던 열성적인 유대 민족들이 생활했던 터전

들이 잘 발굴되어 가지런히 모아져 있었다. 언뜻 보기엔 진흙벽돌로 지어졌던 옛날 우리네 시골집들이 사람이 살지 않아 지붕은 날아가고 훼손된 진흙 벽만 오랜 비바람에 부서질 듯이 메말라 꺼칠하게 남아 있는 듯 했다. 그래도 거기에는 과연 유대인들답게 공동생활한 흔적과 무엇보다 그들의 신앙생활의 중심지가 되는 회당터, 빗물 저수 창고 등이 유적지가 되어 남아 있었다. 그러나 그곳을 돌아보는 내 느낌에는 그저 이곳에서 어떻게 살았을까 하는 의문과 삭막함만 감돌았다.

우리가 오른 반대쪽 북동편 높은 절벽에는 헤롯대왕이 지었다는 별장의 흔적이 마치 커다란 새둥지처럼 절벽에 붙어 매달려 있었다. 쉼을 위한 별장보다 하나의 피난처로 지었다는 가이드의 설명이 설득력 있게 들렸다. 이곳저곳 절벽 가까이로 이어진 철계단이나 난간을 따라 가다보니 아득한 절벽 아래가 눈에 아찔하게 들어온다. 가이드가 그 아래를 손가락으로 가리키며 옛날 마사다를 포위했던 로마군 진영터를 알려주었지만 내 눈에는 잘 확인이 안 되었다.

무엇보다 마사다에서 절실하게 와 닿는 것이 있었다. 골짜기를 메우며 올라오는 로마군의 집요한 공격 속에 더 이상 버틸 수 없었던 유대 항쟁자들이 이방 로마군에 정복당함을 굴욕으로 여기고 신중한 논의 끝에 제비를 뽑아 10명을 택하여 그들로 하여금 자기 가족과 민족을 쳐서 죽이게 하고 최후에는 두 명 중 한 사람이 다른

이를 죽이고 자살한 것으로 알려졌는데, 그때 제비 뽑힌 사람들의 이름이 새겨져 있는 돌조각을 모아 전시해 놓은 것이었다. 과연 유대민족의 자존심은 대단히 강하여 무서울 정도다.

당시 로마 장군 실바가 이끄는 10군단, 1만 5천여 명의 강력한 로마군대와 맞서 3년간 전투하며 항거한 유대 항쟁군은 가족들의 수까지 합해 967명이었다 한다. 그들은 로마군에 의해 패배당하고 정복당함을 원치 않아 목숨을 버리는 집단자살을 결단하고 자행한 것이었다. 그들의 최후 항쟁은 끝까지 버티다가 장렬히 전사한 것이 아니라 스스로 죽음을 택함으로서 유대인의 자존심을 지키는 것이었다.

로마군에 의해 패배당하고 정복당하는 것과 스스로 목숨을 버리는 최후 중 어떤 것이 더 참혹하고 비참했을까, 나는 그것이 궁금했다.

주후 70년경의 유대 멸망은 이미 예고되었던 것이었다. 예수님은 예루살렘을 보고 우시며 이렇게 말씀하셨다. "너도 오늘날 평화에 관한 일을 알았더라면 좋을 뻔하였거니와 지금은 네 눈에 숨기웠도다 날이 이를지라 네 원수들이 토성을 쌓고 너를 둘러 사면으로 가두고 또 너와 및 그 가운데 있는 네 자식들을 땅에 메어치며 돌 하나도 돌 위에 남기지 아니하리니 이는 권고받는 날을 네가 알지 못함을 인함이라."

예수님은 예고된 그들의 참혹한 멸망의 요인으로 의인 아벨의 피로부터 성전에서 죽인 사가랴의 피와 이 땅에서 흘려진 의로운 피가 다 너희에게 돌아갈 것이라고 말씀하셨다. 그들은 부지런히 보내신 하나님의 선지자를 거부했고 오히려 박해까지 했던 것이다.

"예루살렘아 예루살렘아 선지자들을 죽이고 네게 파송된 자들을 돌로 치는 자여 암탉이 그 새끼를 날개 아래 모음같이 내가 네 자녀를 모으려 한 일이 몇 번이냐 그러나 너희가 원치 아니하였도다 보라 너희 집이 황폐하여 버린 바 되니라."

유대 백성들은 유대 교권주의자나 열성주의자들의 반대와 주동을 따라 저들이 고대하는 메시아의 임재와 그 구원의 평강을 보지 못하고 예수 그리스도까지 참람한 사이비로 몰아 십자가에 못 박아 죽였다. 그러면서도 그들은 그의 피를 자기들에게 돌리라고 담담히 말했다. 그들은 예수를 죽이는 일을 이단을 척결하는 당당한 행동으로 여겼던 것이다. 율법 중심의 유대교회를 파수하는 열성으로의 큰 소리였다.

그들의 참혹한 최후는 예수님의 마지막 때에 대한 예고 속에 잘 나와 있다. 주검이 있는 곳에 독수리들이 모일 것이라 했다. 그 웅장한 헤롯성전이 돌 하나도 돌 위에 남지 않고 다 무너질 것이라 했고 창세로부터 지금까지 이런 환난이 없을 것이라 했다. 그러므로 거룩한 곳에 멸망의 가증한 것이 서면 그때에 유대에 있는 자들은 산으로 도망하라고 예수님은 말씀하셨다.

과연 그랬다.

유대 역사가 요세푸스에 의하면 A.D. 64-66년경에 유대 총독으로 와 있던 로마의 플로루스는 유대인들에게 폭정을 가했고 세금부과 명목으로 노골적인 강탈을 일삼았다고 했다. 그때부터 유대인들의 목숨 건 저항이 시작되었고 마침내 므나헴이 이끄는 응집력 강한 유대 저항세력의 결사적인 공격으로 로마의 압제로부터 예루살렘을 탈환했다. 오랜만에 유대에 있어 기쁜 역사적인 일이었다. 그러나 그것도 잠시, 이 소식을 들은 네로 다음의 황제 베스파시안은 아들 중 장남 티투스를 유대로 파견, 주력부대와 보충부대를 합해 4개 군단, 약 8만 명을 투입하여 초토화적인 진압작전을 펼쳤다. 로마군은 유대인들이 오순절 절기를 지키기 위해 전국에서 예루살렘으로 몰려올 것을 예상하고 그렇게 모여든 110만 명이나 되는 민간인들을 모두 예루살렘성으로 몰아넣은 후 굳게 포위하여 잔혹하게 굶겨 죽일 작전을 펼쳤다.

그렇게 포위된 지 한 달이 지나자 110만 명이나 되는 수로 인해 예루살렘성 안의 식량은 금세 바닥났고 성 안에는 뜯어먹을 풀 한 포기 없었다. 이 지경에 이르자 사람들은 죽은 쥐까지 찾아 먹었고 가축의 똥까지 집어 먹었다. 그렇게 석 달이 지나자 곳곳에는 시체가 썩어 악취가 진동했고, 그런 시체를 찾아 성벽 계곡 밖으로 던졌지만 수없이 늘어나는 시체를 더 이상 처리할 수 없을 지경이었다. 급기야는 자기 아이를 잡아먹는 부모들까지 생겨났다고 한다. 그것은 그야말로 참혹한 지옥과 같은 상태라고 했다.

마침내 로마 병사들의 최후 공격이 시작되었다. 그들은 부녀자, 어린아이, 노인, 임산부 할 것 없이 아직 살아 있는 유대 민족을 닥치는 대로 칼로, 창으로 가차없이 무참하게 살육했다.

이 전쟁에서 사망자 수는 110만 명이 넘었고 포로가 되어 노예로 끌려간 인원은 9만 7천여 명, 그러니까 유다 백성 중에 삼 분의 일은 성 안에서 굶주림과 전염병으로 죽고 삼 분의 일은 잔인한 칼에 죽고 삼 분의 일은 뿔뿔이 흩어져 외지로 도망갔다고 한다. 그 누구도 예고된 유다와 예루살렘의 파멸을 막을 수 없었다. 이때가 A.D. 70년 9월 26일, 실로 참혹한 심판이었다고 요세푸스는 증언했다.

마사다에는 부분적이나마 그때 유대 멸망의 참혹한 최후가 생생하게 고증되어 남아 있는 것이었다.

나는 그것을 절실히 느낄 수 있었다.

하나님의 심판의 무서움을, 그리고 그것은 누구도 피할 수 없음을….

그런데 유대인들은 왜 항쟁의 최후를 참혹한 자살로 마친 이 현장을 발굴해 내어 그대로 보여주려 하는 걸까?

당시 아녀자까지 합쳐 967명으로 1만 5천 명이나 되는 강력한 로마 정예군단에 맞서 3년 동안이나 버티며 마사다 요새를 사수한 유대 민족의 근성을 후손들과 세상 사람들에게 알리고 싶어서였을까? 훈련을 마친 이스라엘 군인들이 와서 "마사다는 두 번 다시 함락되지 않는다!"고 외침으로써 강하고 굳은 의지의 군인정신을 불어넣어 강력한 이스라엘 군대를 만들기 위해서였을까?

이스라엘에서는 초등학교 4학년이면 단체로 마사다에 올라가 마사다의 실제 역사를 들으며 그 증거물들을 보며 학습하게 한다는데, 그렇게 하여 유대 민족주의를 일찌감치 심어주고 다시는 정복당하고 지배받지 않는 대대손손 강하고 우수한 이스라엘 사람으로 함양시키기 위한 것이었을까?

유대 민족의 역사는 반복적인 큰 환난과 무서운 재난으로 인해 참혹한 때가 많았다. 수없이 정복당하고 몰락하며 암흑의 시기를 살았다. 그 모든 요인은 그들이 하나님께 굴복하지 않은 것이었다. 그리고 거룩한 곳에 가증한 것을 끌어들였기 때문이었다. 하나님은 일찍이 모세를 통해 그들이 하나님을 섬기며 그 말씀에 굴복하지 않으면 헛된 것이나 다른 세력에 지배받고 그것에 포로되고 매이며 살 것이라 예고하셨다. 하나님께서 싫어하시는 헛된 이방의 가증한 것을 네 집에 들이지 말라 그러면 그와 같이 진멸당할 것이라 경고도 하셨다. 그러나 이스라엘은 그 말씀을 듣지 않았다.

이 땅의 수없이 많은 기독교 지도자들과 교인들이 성지 순례라며 마사다를 다녀갔다. 나는 이제야 왔지만 여러 번 다녀온 지도자들도 있다. 그들은 천혜의 요새에서 3년이나 버틴 유대 민족의 근성에 감탄하고 놀라워 했지만, 그러나 거기서 하나님의 심판의 두려운 증거를 보지 못한 것 같다.

나는 마사다에서 그 증거를 보았다. 그리고 더 두려운 증거를 거울로 보는 것은, 이 땅의 많은 교회들이 하나님께 굴복되고 사로잡히기를 원하며 힘쓰는 것이 아니라 하나님보다 더 사랑하는 것을 얻기 위해 하나님을 이용하며 거룩한 곳에 가증한 것을 경쟁이라도 하듯이 끌어들이고 있다는 사실이다. 그리고 악하고 음란한 세대로 표적을 구하며 그것을 자랑하며 간증하고 있다.

마사다는 증거물을 보존한 채 우리의 경계적 거울로서 거기에 우뚝 서 있었다.

시내산 등정

"나는 지금 애굽으로 간다.
야곱처럼 모든 가족들을 데리고 요셉이 보내준
애굽의 좋은 수레를 타고 가는 것은 못되지만
같이 못 가는 아내를 두고 아쉬움을 머금은 채
하늘로 날아간다."(그때 남긴 메모 중에서)

2006년 3월 27일, 나는 난생처음으로 만든 여권을 가지고 중국 상해를 거쳐 카타르 도하에 내려 그 근처를 몇 시간 돌아보고 이집트 카이로로 갔다. 옛날과 현대가 재미있게 어우러진 도시, 그곳에서의 1박 일정은 초중시절 사회 지리 교과서에 나오는 스핑크스나 피라미드의 실체를 실감하는 시간이었다. 박물관 안에서 숱한 미라를 본 후, 아쉽게도 어린 모세가 갈상자를 타고 떠내려간 나일강은 내려가 보지 못한 채 급히 출애굽을 준비했다.

현재 시각 오후 1시 50분. 우리들의 출애굽은 버스를 타고 시작되었다. 비록 상황은 다르지만 옛적 이스라엘이 지나간 출애굽 길을 나도 한번 가본다는 것은 오기 전부터 나를 설레게 했고 매우 흥분케 했다. 나는 많은 것을 실감해 보리라는 기대에 들떠 있었다.

카이로 시내를 벗어나자 점점 삭막한 들판이 나오고 띄엄띄엄 단순한 회색 집들이 차창 밖으로 지나가며 거친 사막도 보였다. 얼마쯤 달렸을까, 기적의 홍해가 나타났다. 나는 버스 뒷창을 통해 바로의 군대가 따라왔다는 길을 바라보았다. 애굽의 군대 병거보다 더 크고 빠른 차량 여러 대가 따라오고 있는 것이 보였다. 홍해는 과연 어떻게 건널까 했는데, 기적의 홍해 사건이 일어난 바닷물 한 켠도 보여주지 않은 채 수에즈운하 해저 터널로 우리를 한순간에 통과시켜 버렸다. 다리라도 있어 홍해를 보면서 건넜다면 좋았을 텐데 하는 아쉬움이 남았다. 예전에는 홍해를 배 타고 건넜다는데, 좀 실망감이 들었다. 그래도 버스는 아랑곳없이 끝도 없이 펼쳐진 광야 길로 계속 달렸다. 하나님의 지시에 따라 모세가 던진 나무로 인해 쓴물이 달아졌다는 마라에 내려 기념촬영을 한 뒤 다시 버스에 타고 부지런히 내달렸다. 우리는 마치 현대문명이 만든 빠른 마차격인 버스를 타고 급하게 이스라엘을 쫓는 현대판 애굽 군대같이 서두르며 재촉하는 바로 같은 가이드에 의해 지나간 지 오래된 이스라엘의 보이지 않는 자취를 따라 달렸다. 가도 가도 끝없는 광야를 목을 빼어 앞뒤로 보고 차창 밖 먼 곳을 둘러보아도 나무 한 그루 안 보인다. 메마르고 거친 시내 광야 태양빛은 눈부시게 작열하고 있지만 이스라엘을 덮어주신 구름

기둥 한 점 없다. 이스라엘이 왜 못살겠다고 모세와 하나님을 원망하며 애굽으로 다시 돌아가기를 원했는지 정말 실감나게 느껴지는 광야다. 어디쯤인지 가다 보니까 어디서 와서 어디로 가는지 알 수 없는 전선을 잇는 전봇대의 나열이 멀리서부터 와서 멀리로 사라진다. 이 광야에 어울리지 않는 광경이다. 이스라엘을 좇는 생각에서 문득 현실로 깨어나게 하는 모습이다. 사막의 오아시스 같은 휴게소를 한번 들르고 또 오래도록 달린다. 우리 뒤쪽으로 지는 광야의 석양이 아름답다. 저무는 붉은 태양은 모래사막보다 진흙색의 거친 땅이 많은 시내 광야와 잘 어우러져 우리를 감탄케 한다.

오후 6시 20분쯤 되니 어둠이 깃들고 버스는 광야를 벗어나 산길로 접어들었다. 9시 30분쯤 되어서야 목적지인 시내산 숙소에 도착했다. 후덥한 낮과는 달리 밤 기온은 매우 쌀쌀했다. 새벽 1시 30분에 일어나서 시내산을 오른다고 했다. 그것은 이미 일정표에 나와 있어 알고 있는 사항이었고 설명회 때 미리 준비물까지 알려주었다. 나는 그때 옛 성지순례(탐방)를 주도한 몇 번의 경험 있는 목사님께 "왜 밤에 시내산을 올라가는 겁니까?"라고 물었다. 그의 대답은 낮에는 더워서 오를 수가 없다는 것이었다. 그래서인지 그 숙소에 온 단체 손님들의 그날 일정이 거의 같았다. 모두들 밤에 도착하여 같은 새벽 시간에 일어나 부산하게 움직이는 것이었다.

내게 있어 밤에 시내산을 오르는 것은 불가능한 일이었다. 나는 유전적으로 생긴 야맹증 환자이다. 밝은 빛이 없는 한 밤길은 전혀 보지 못한다. 그래서 왜 하필이면 밤에 산을 오르느냐고 물었던 것이다. 그런 나를 도와주려고 함께 온 우리 교회 전도사님이 있었기에 하나도 보이지 않는 어두운 시내산을 어렵게나마 오를 수 있었다.

우리 일행이 일어나 준비하고 숙소 앞에 모였을 때는 새벽 2시쯤이었다. 가이드는 우리 앞에 먼저 올라간 단체들이 있는데 그들이 이곳에서 운행하는 낙타를 다 타고 갔기 때문에 낙타가 없다고 했다. 낙타를 이용하려면 한참 기다려야 하니 올라가다가 내려오는 것을 타면 된다고 했다. 낙타는 그곳 원주민인 베드윈족들이 시내산을 올라가는 여행자들을 위하면서도 돈을 벌기 위해 운행하는 것이었는데 가격은 15불 안팎에서 20불까지(정확히는 부르는 게 값이고 흥정에 따라 변동이 있는 것임) 받는다고 했다. 낙타는 산 아래 출발점에서 8부 능선까지의 구간을 쉽게 올라갈 수 있는 유일한 수단으로 이곳을 찾는 자들이 많이 애용하고 있었다. 주로 나이 많은 분들이나 등정에 자신이 없는 사람들이 단골이었다.

나는 아무것도 보이지 않는 어두운 시내산을 향해 출발했다. 우리가 올라가는 시내산은 해발 2,280m라고 했다. 숙소에서 정상까지 보통 발걸음으로 3~4시간 정도 걸린다고 했다.

나는 시내산 등정을 위해 이곳에 오기 며칠 전 청계천에 나가 작으면서도 성능이 좋은 플래시를 세 개나 사서 준비했다. 제일 밝은 플래시를 꺼내들었지만 내 시력으로는 겨우 한 발 앞 정도만 보였고, 나를 붙잡고 인도하는 전도사님에게 의존한 채 보이지 않는 어두운 길을 향해 오르고 올랐다. 구불구불 올라가는 길은 경사가 심한 편이 아니었고 길바닥도 그만하면 평평한 편이었다. 가끔씩 불안하게 "푸푸" 하며 타닥타닥 내려오는 요란한 낙타 소리를 피하며 잠시 뒤돌아보니 캄캄한 아랫길 쪽으로 플래시 불들이 반짝거리며 이리저리 움직이는 것이 보였다. 그것은 여러 개의 담뱃불이 늘어선 것 같기도 했고 여러 마리 반딧불이의 줄 이은 움직임 같기도 했다.

얼마나 올랐을까. 이젠 너무 힘이 들어 숨이 턱까지 닿았다. 길 옆 곳곳에서 잠시 쉬고 있는 사람들의 소리가 들린다. 우리말도 있고 알아들을 수 없는 외국인들의 말도 들린다. 보이지 않아도 수많은 사람들이 지금 이 시내산을 올라가고 있는 것이다. 왜들 이렇게 캄캄한 산길을 힘들고 어렵게 올라가는 것일까? 모세가 올라간 산이라고 해서일까? 그런 나는 보지도 못하면서 남까지 힘들게 하며 왜 올라가는 것인가? 단순히 일정에 잡혀 있어서라기보다 성경에 나오는 그 유명한 시내산이라고 하기 때문일 것이다.

다리가 조금씩 후들거렸다. 점점 산은 가팔라지고 어디

까지 더 올라가야 되는지 얼마나 더 가야 되는지 보이지 않으니 '괜히 올라온 것은 아닌가?' 하고 후회도 된다. '기다렸다가 낙타를 타고 올라올 걸 그랬나?' 쌀쌀했던 느낌은 사라지고 점점 더워졌다.

"전도사님, 혼자 올라가기도 힘든데 나까지 짐이 되어 더 힘들겠어요."

"아니, 저는 괜찮습니다."

사실 전도사님이 없었으면 나는 올라올 엄두도 못 냈을 것이다. 시내산 등정은 포기하고 숙소에 혼자 남아 있어야 할 판이었다.

그때 누군가가 "거의 다 올라왔습니다. 여기서부터는 돌계단이고 가파르니 조심들 하세요."라고 말했다. 가이드 목소리는 아닌 걸 보니 경험 있는 분의 말 같았다. 돌계단이 아니었다. 돌산을 올라가는 것이었다. 그래도 지금까지의 산길은 위험하거나 그렇게 어려운 길은 아니었는데 지금부터가 문제였다. 줄줄이 올라가는 사람들의 거친 숨소리가 돌 부딪치는 소리와 함께 들린다. 나는 전도사님에 의해 거의 끌려가다시피 해서 올라갔다.

어슴푸레한 정상에는 이미 많은 사람들이 올라와 있었다. 조금씩 동이 텄다. 붉은 태양이 서서히 떠오르면서 주변을 붉게 물들이며 비쳐왔다. 그제야 시내산의 실체가 눈에 보이기 시작했다. 수많은 붉은 돌산의 봉우리가 진달래로 붉게 물든 우리네 산의 꽃봉우리를 멀리서 보는 것처럼 보였는데 끝이 없었다. 셀 수 없이 수많은 봉우리들이 뾰족뾰족 울퉁불퉁 제멋대로 생겨나 어우러져 북서쪽으로 넓게 펼쳐져 있었다. 그것은 하나같이 붉은 진흙산 같았고, 마치 거대한 진흙 뻘이 주물럭주물럭 멋대로 짓이겨져 있던 것이 오랜 세월 비바람에 의해 깎이고 쓸리고 굳어지면서 봉우리와 골짜기가 오밀조밀하게 연결되어 아득히 펼쳐져 있는 것 같았다. 봉우리들은 하나같이 거칠게 말라버려 금이 간 채 뻘건 바위산처럼 솟아 있었다. '시내산맥'. 어쩌면 저렇게 하나같이 나무 한 그루 없는 산들이 되었는지 놀랍다. 그것은 어디에서도 볼 수 없는 특이한 광경이었다. 우리들의 개념 속에 있는 산하고는 너무도 거리가 먼 모습이다. 정말 장관이었다. 일출은 이 모든 산들을 붉은 진흙색으로 물들이고 있었다. 모세가 과연 우리가 있는 이 산 정상에서 기도했던 것일까? 나는 의문이 생겼다. 왜냐하면 비슷한 높이의 수많은 봉우리들이 끝없이 펼쳐져 있었기 때문이다.

정상에 도착한 사람들은 어림잡아 백오십 명 이상은 될 것 같았는데 온갖 인종이 다 모인 것 같았다. 그들은 하나같이 사진 찍는 데 여념이 없었다. 그러고 보니 기념촬영하려고 그렇게 잠도 못 자고 이른 새벽부터 힘들이며 올라온 것같이 보였다. 그들은 모세의 자취를 따라온 것이 아니라 기념될 만한 것을 찾아 올라온 듯 했다.

우리 일행은 잠시 모여 간단히 예배드리고, 컵라면을 하나씩 먹고 하산하기 시작했다. 나는 밝아진 시야로 들어오는 거칠고 삭막한 골짜기를 따라 이곳저곳 살피며 올라왔던 길을 내려갔다. 그때 대열 중 누군가가 "아니, 어렵게 이 성산에 올라왔으면 간절히 기도 좀 하고 내려가야 되는 것 아닌가." 하고 말했다. 그 말의 임자가 우리 일행 중 어떤 분이었는지 아니면 또 다른 한국 여행객 중 한 사람이었는지 몰라도, 그 말이 내게는 매우 거슬렸다.

여기가 어찌 성산이란 말인가! 그렇다면 우리는 여기에 올라와서는 안 된다. 하나님은 보통 백성들은 올라오지 못하게 금지시키셨다. "산을 범하는 자는 정녕 죽임을 당할 것이라" 했다(출 19:11-12). 하나님은 하나님의 산 호렙에 이른 모세에게 "너의 선 곳은 거룩한 땅이니 네 발에서 신을 벗으라" 하셨다(출 3:1-5). 그런데 어떻게 우리가 온갖 세상길의 더러운 오물과 세속의 삶에 오염된 신발을 저 좋은 대로 신고 올라올 수 있단 말인가? 이곳이 실제 성지고 성산이라면 지금까지 여기 올라온 온갖 세상 잡족들은 큰 오류를 범한 것이다. 그러나 여기는 분명 성산이 아니다. 이 지구 어느 곳에도 이제는 실제 장소로서 성지나 성산은 없다. 나는 이것을 말해주고 싶었다.

모세 당시의 성산은 이스라엘 백성들이 호렙산 아래 1년간 머물러 있으면서 하나님의 임재하심과 그의 통치를 받으며 그와 교통할 때뿐이었다.

이스라엘 백성들이 법궤를 메고 구름기둥을 따라 그곳을 떠났을 때 이미 그곳은 성산이 아니었고 성지도 아니었으며 그저 평범한 시내산맥 중 하나의 산에 불과했다.

하나님은 이스라엘을 언약 속의 새로운 단계인 성산으로 인도하셨다. 약속의 땅 중에 성전이 세워진 시온산이었다. 하나님은 그곳을 구별시키셨고 그곳에 계신다 하셨고 그곳에서 이스라엘을 만나신다고 하셨다. 그래서 거룩한 산은 하나님께서 통치하고자 택하신 이스라엘 위에 역사되는 영역으로 호렙산에서 시온산으로 옮겨진 것이다. 그러나 이제는 시온산도 성산이 아니다. 시온산에 있던 건물성전이 돌 하나 돌 위에 남김이 없이 무너지고 그리스도께서 몸 되신 성전으로 다시 세워진 그의 교회가 위에 있는 영원한 하나님 나라로서 성산이 된 것이다. 보이는 성산이나 성지들은 그리스도 안에서 그림자에 불과했던 것이다. 그래서 히브리 기자는 교회 된 우리가 이제 이른 곳은 시온산과 살아계신 하나님의 도성인 하늘의 예루살렘이라고 증거했다.

나는 하산하는 길에 띄엄띄엄 떨어져 있는 시커먼 낙타 똥을 피해 내려오면서 주위를 자세히 살펴보았다. 비잔틴 시대 때 처음 세워졌다던 성벽처럼 담장 높은 수도원이 있고 그 아래 우리 숙소가 있었다. 대부분 우리가 등정한 봉우리를 모세가 올라간 시내산으로 알고 있었지만 그 아래로 내려와 보니 넓어진 주변 골짜기를 아무리 살펴보아도 거기는 장정만 60만이었던 이스라엘이 장막을 치고 머물 수 있는 곳으로는 도무지 생각될 수 없었다. 장정 1명이 누울 수 있는 넓이로 반 평씩만 잡아도 30만 평이 있어야 하는데 그곳은 전혀 아니었다. 그렇다면 우리가 등정한 이 시내산은 성경에 나오는 모세가 올라간 호렙산은 아닌 것이었다. 시내산맥 중에 한 봉우리일 뿐임이 확인되었다. 버스를 타고 거기를 떠나 무려 30분 이상 아카바만 쪽으로 달려가도 이스라엘이 머물렀을 만한 넓은 곳은 없었다. 그렇다면 누군가에 의해 터무니없게도 가정된 것이다. 어쩌면 그곳에 모세 기념 교회를 지어놓은 자들의 소행일 수도 있다. 비잔틴 시대 수도사들의 고행적인 기도처였는지도 모른다.

성경에 보면 이스라엘 백성이 모세가 올라간 호렙산 앞에 장막을 쳤다고 했다. 그곳은 르비딤을 지나 시내 광야에 이르러서였다고 나와 있다(출 19:1-3). 그리고 그 호렙산은 하나님이 임재하시는 현상으로서 구름이 드리우는 것이나 화염이 충천한 것을 백성들이 다 볼 수 있는 가까운 곳이었고 그 산에서 들려오는 하나님의 음성도 백성들이 다 들을 수 있는 곳이었다(신 4:10-12). 이스라엘이 장막을 친 시내 광야와 인접한 산이 된다. 그러나 성지순례라 하여 수많은 사람들이 올라간 시내산은 성경이 말씀하는 지형 형편과는 거리가 먼 곳이었다. 그 산 아래는 장정 60만과 더불어 함께 나온 부녀자들까지 약 2~3백만 명이 진을 칠 수 있는 시내 광야가 없었다. 시내 광야는 우리가 등정했던 그 봉우리에서 볼 때 그 산맥 서쪽으로 멀리 넘어가야 있는 곳이다. 시내 광야 쪽에서 볼 때 우리가 등정한 이 봉우리는 시나이반도에서도 홍해 쪽으로 한참

들어와 있는 곳이다. 그렇다면 누군가가 모세의 흔적을 발견하려 이리저리 다니다가 이곳까지 깊이 들어와 제일 높은 봉우리에서 찾으려 했는지도 모른다.

모세의 흔적은 이미 이 땅에서 사라진 지 오래다. 마귀는 모세의 흔적을 이 땅에 남겨 놓으려고 천사장 미카엘과 쟁투를 벌였다. 많은 사람을 우상을 통해 실족케 하려는 의도였다. 그러나 하나님은 그것을 허락하지 않으셨다. 그의 진정한 흔적은 이제 어디에도 없고 오직 성경 속에만 정확히 있는데 성도는 그것을 볼 수 있어야 한다. 시내산 등정을 통해 나는 감히 그것을 확인할 수 있었다. 위에 있는 보이지 않는 성산으로 올라간 모세의 영광된 흔적을 보게 된 것이다. 그리고 그 길은 내 앞에 있었다.

집으로 돌아온 나는 지금까지 올랐던 것처럼 날마다 어두운 새벽길을 걸어 성산에 오른다. 시내산 등정 때 메고 갔던 작고 검은 가방에 성경을 넣고 그때 가져갔던 플래시도 한 개 넣고 집사람과 함께 끝없이 높고 거룩한 3층산을 오른다. 내가 거룩하니 너희도 모든 삶에 거룩하라는 말씀의 뜻을 따라서.

내게는 모세의 얼굴의 광채가 조명한 보이지 않는 영광된 시내산이 있는 것이다. 그의 나라와 그의 의를 구하는 저 높은 곳, 그리고 나는 이제 이 거룩한 산을 향하는 가이드로 항상 오르는 것이다.